講談社文庫

凛として弓を引く

初陣篇

碧野 圭

JN046748

講談社

凜として弓を引く

初陣篇

1

引き絞った弦《つる》から放たれた矢はまっすぐ飛んで、的のわずか数センチ下の畳に突き刺さった。

「あー、やっぱり落ちるわー」

矢口楓《やぐちかえで》は思わず口走った。的の下の方に少しずつ位置を変えて、矢が四本突き刺さっている。矢どころは定まっているのだが、的からわずかに外れている。武蔵野西《むさしのにし》高校の屋上に作られた弓道場で、いつものように弓道同好会が練習をしていた。

男女三名ずつ、合計六人しかいない同好会で、二年生の楓は部長である。同好会なので会長の方が正しいのだが、来年三月には部に昇格する予定だ。同好会という意識はなく、自分たちは弓道部だとみんな思っている。

「惜しいですね。狙いをちょっと上げたら、ばっちりなんじゃないですか?」

一緒に矢取りに向かう一年の山田《やまだ》カンナが、そう声を掛けてくる。

「そうもいかないんだよね。意識して狙いを変えようとすると、今度はとんでもなく上がり過ぎちゃうし。意識でコントロールしようとしても無理」

「ああ、そうなんですか。難しいですね」

カンナの方は、矢どころが定まらずバラバラだ。的を取り囲むように矢が突き刺さっている。一本だけ的の端に中《あた》っている。

カンナはこの春から弓道を始めたばかりだが、筋は悪くない。的前で練習できるようになって三ヵ月経っていないのだが、調子のいい時は三射連続で中《あ》てたりもする。中らない時は、練習時間中一度も中らない。波があるのが難だが、順調に伸びている。

一方、楓はコンスタントに四射に一射くらいの確率で中てることができる。安定はしているが、それ以上の中りはなかなか出ない。全体に矢どころが下がり気味だ。

「あ、善美《よしみ》先輩すごい。皆中《かいちゅう》じゃないですか！」

カンナが言う通り、三つある的のうちの一つには、見事に矢が四本刺さっている。矢は同じ角度できれいに的を射抜いている。

「うん」

真田《さなだ》善美はさほど嬉しそうな顔も見せず、平然と矢取りをする。善美は何度か皆中も経験しているので、いまさら喜ぶような事でもないのかもしれない。

私だったら、嬉しくて写真撮っちゃうんだけどな。

そんなことを思いながら、楓は自分の矢を畳から引き抜く。ふつうの弓道場なら砂を固めた安土《あずち》に的が掲げられているが、ここは高校の屋上に作られた仮設の弓道場なので、的は畳にぶら下げられている。的の周辺の畳はボロボロになっている。

「よし、今日はここまで」

楓たちが射場の方に戻ってくると、顧問の田野倉誠《たのくらまこと》先生が告げた。

「ええっ、もうお終《しま》いなんですか？」

一年の高坂賢人《こうさかけんと》が不満そうな声を出す。練習が始まってまだ一時間しか経っていない。

賢人は部内でただ一人弐《に》段を持っている。楓と善美とは地元が同じで、今年の春に同好会ができるまでは、三人とも地元の弓道会で練習していた。賢人の方が弓道会で始めた時期も早く、段位も上になる。高校一年から始めた楓と善美は、二年の現在、ともに初《しょ》段だ。

「明日は試合だろ？　今日練習をやり過ぎて疲れたら本末転倒だ。それに、この後俺も予定がある。俺のいない時間には練習しない約束だ」

翌日から東京都秋季大会がある。全国高等学校弓道選抜大会の予選を兼ねた大会だ。発足したばかりの武蔵野西高校弓道同好会にとっては、これが初めて出場する試合になる。

「まだ五時じゃないですか。明るいし、もったいないです」

同じ一年のカズこと大貫一樹《おおぬきかずき》が言う。屋上弓道場はライトなどないから、日が暮れると練習は終わりだ。コンクリートの打ちっぱなしで、樹木もない殺風景な屋上だが、日没時間の早さで季節を感じる。夏が終わると、どんどん日が短くなっていく。九月の今はまだ六時頃まで明るいが、冬になれば五時前には嫌でも練習を終えなければならない。

「だめだめ、これ以上遅くなったら、約束に間に合わなくなる」

「約束ってなんでしょうか？」

二年の薄井《うすい》道隆《みちたか》が尋《たず》ねる。薄井も二年で副部長だが、弓道はこの春から始めたばかり。運動経験がないせいか、上達も遅い。まだ的に中てたことが一度もない。

これまであだ名がなかった薄井のことを、部員たちはミッチーと呼んでいる。眼鏡を掛けたまじめそうな薄井には不似合いだが、あえてそう呼ぶことで、ほかの部員たちも距離を縮めようとしているのだ。

「それは内緒。教師にだってプライベートはあるんだからな」

田野倉は意味ありげに、にやりと笑う。

「ともかく、明日は九時に現地集合だ。俺は先に行って、運営の手伝いをしているから、みんな遅れるなよ。それから、綾瀬《あやせ》駅周辺で待ち合わせるのは禁止だから。待ち合わせするなら、地元の駅にしろ」

「はい。電車の時間と車両を決めて、電車の中で合流することにしていますから、大丈夫です」

薄井は副部長だし、そうした段取りを考えるのは得意だ。

「じゃあ、頑張ってね」

「ほんとは応援に行けたらいいんだけど」

楓とカンナが口々に言う。かつては部員や家族は応援席で見学できたらしいのだが、いまは参加者以外会場に行くことは許されていない。もっとも弓道場の応援席は狭いから、参加校全部から応援が来たら、大変な混雑になるだろう、と楓も思う。

「とりあえず目標は予選突破。初陣《ういじん》だからな、ビギナーズラックもあるかもしれないし」

賢人が飄々《ひょうひょう》とした口調で言う。

武蔵野西高校通称ムサニの弓道同好会は女子三名男子三名、試合のチームが組めるギリギリの人数だ。初日の明日は男子の試合、明後日は同じ会場で女子の試合がある。田野倉もいないので、試合の前日だというのに楓たちは学校で練習することができない。

「じゃあ、片付けをして解散！」

そう告げると、足取り軽く、田野倉は屋上から去って行った。

「あんなに嬉しそうなのは、デートかな？」

賢人が言うと、カズが否定する。

「たのっち、あれで彼女がいると思う？　きっと趣味のオフ会かなんかだろうよ」

たのっちというのは、カズがつけたあだ名だ。田野倉先生といちいち言うのはめんどくさいので、みんなそれに同調している。もちろん先生には内緒だ。

「ルーズだし、適当だし、服もダサいしな。あれで彼女がいたらびっくりだ」

賢人も言いたい放題だ。いつも汚れた白衣を着て、頭もぼさぼさ。もし彼女がいたとしたら、相手は相当懐《ふところ》深いひとだろう、と内心楓も思っている。

「まあ、とにかく明日は遅れないように。僕は八時八分吉祥寺《きちじょうじ》着の中央線の、前から二両目の車両に乗り込む。同じ電車に賢人は武蔵小金井《むさしこがねい》から、カズは三鷹《みたか》から乗るということでいいね。もし、間に合わないようであれば、ＬＩＮＥで連絡取り合おう」

「了解」

「女子も同じ時間に。私と善美はムサコから乗るから、カンナとは吉祥寺で合流だね」

楓が善美とカンナに告げる。楓は弓道部の部長だ。

「はい、わかりました」

カンナは明るい声で答える。善美は黙ってうなずく。善美はアイドル顔負けの美少女だが、不愛想で、あまり自分から話し掛けたりはしない。善美との付き合いも二年目なので、楓はそうした態度にも慣れている。

「じゃあ、とにかく片付けをしよう。週末は雨の予報が出ているし、今日は畳も屋内に入れておかないと」

薄井がそう言って、的の方に歩いて行った。楓たちもそれに続いた。


「ごめん、待たせた？」

試合当日の朝、駅の改札口を入ってすぐの壁際に、弓を持った善美が立っていた。

善美とは自宅も近いのだが、駅まで親に車で送ってもらうので、駅で待ち合わせることにしていた。胴着の上に黒のジップアップパーカーを羽織って、長い弓を持った善美は、遠目にもすぐわかる。自分も似たような格好をしているので、二人並ぶと相当目立つだろう。

「大丈夫」

いつも通り最小限の言葉だけ放って、善美はすたすたと先に歩き出した。楓もその後ろに付いて行く。善美の背中が見える。今日は試合なので、善美は肩につくかつかないかの長さの髪をうなじのところでまとめている。天使の輪が見えるほどの黒いまっすぐな髪なので、まとめた髪もまっすぐ背中に落ちる。楓も同じような髪型だが、細くて腰がないので、首の辺りでくるりとカーブを描いている。

エスカレーターでホームに着くと、右手に電車が止まっている。この駅が始発なのだ。弓がドアにぶつからないように気をつけながら電車に乗り込み、ドアのすぐ脇に立った。席はまだ空いているが、弓があるので、弓を立てて置ける隅の位置から動けない。

「えっと、カンナは吉祥寺から乗るって言ってたね。一応ＬＩＮＥ送っておくよ」

楓は『いま電車に乗った。善美も一緒』と送った。すぐにカンナから『もう駅に来ています。ホームでお待ちしています』と返信が来た。

「もうカンナ、駅にいるって」

楓が話し掛けるが、善美は無反応だ。

今日の試合会場は東京武道館《ぶどうかん》。足立区の綾瀬という駅のすぐ前にある。綾瀬は東京二三区でも東北の方なので、西の郊外に住む楓たちにはあまり縁のない場所だ。

「男子残念だったね。でも、三中《さんちゅう》したただけ立派だよね」

昨日の結果はLINEで連絡が来ていた。予選敗退だった。話題を振ったつもりだったが、善美からは相変わらず返事はない。興味がないことには、相槌も打たないのだ。楓は善美と話をするのをあきらめ、黙ったまいくつか駅を通り過ぎた。

一〇分もしないうちに吉祥寺に着いた。水色の弓巻《ゆまき》をつけた弓を持ち、水色の羽織を胴着の上に着たカンナの姿は、車窓からもすぐわかる。

「よかったです。無事に会えて」

電車に乗り込むと、カンナは嬉しそうに言った。

「まあ、会えるでしょ。同じ電車に乗るんだから」

楓が言うと、カンナは首を振りながら言う。

「私、心配性なんです。待ち合わせに遅れないか、相手がちゃんと来るのか、気になってしょうがない。忘れ物があるかもしれないって、前日に何度もチェックするんです」

電車が混んできたので、カンナは楓の肩が触れるくらい近くに来る。電車のドアが閉まって、ゆっくりと走り出した。

「忘れ物って、弓と矢とカケ（碟）があればいいんだよね。あと、替《か》え弦《づる》も」

「はい。あと、先輩がメンバー表を持って来てくだされば」

「えっと、メンバー表？」

楓はどきっとした。

えっと、昨日メンバー表に記入して、ちゃんと入れたっけ？　善美の善という字を間違えて、ホワイト修正して、それから……。

楓はデイパックを身体の前に回し、中を探す。ない。やっぱりあのまま置いてきたんだ。

「しまった！」

楓はつい大声を出した。

「どうしたんですか？」

カンナが尋ねる。善美も怪訝《けげん》そうに楓を見ている。

「メンバー表、机の上に置いてきちゃった。昨日、誤字を直そうと思ってホワイトを使って、それを乾かそうとしてそのまま忘れたみたい」

今日の試合の出場者と立ち位置を記したメンバー表は、当日受付に提出するように言われている。部長の楓が持って行くことになっていた。

「ええっ、先輩らしくない」

「どうしよう？　いまから取りに戻る時間あるかな？」

楓はすっかり動転していた。どうすればいいのか、わからない。

初めての試合なのに、こんな失敗をするなんて。

自分のせいでみんなに迷惑が掛かる。

「早めに出ているから、大丈夫だと思います。でも、どなたか、ご家族に持って来ていただいたらどうですか？」

「あ、そうね。今日はおかあさんも家にいるし、なんとかなるかも」

楓はスマートフォンを出し、家族ＬＩＮＥで窮状《きゅうじょう》を訴《うった》える。

『おかあさん、私、机の上に今日の試合のメンバー表を置いてきちゃった。それを届けてもらえないかな』

すぐに既読が付き、母から返信が来る。

『それ、今日必要なの？』

『朝受付に提出しなきゃいけない。私、部長だし』

『どこまで届けるの？』

楓は顔を上げて、カンナに尋ねる。

「えっと、次の駅はどこだっけ？」

「西荻窪《にしおぎくぼ》です」

それを聞いて、楓はＬＩＮＥに書き込む。

『中央線の東京行き、西荻窪駅のホーム』

『わかった。いまから出る。西荻窪駅だね』

『ありがとう！　すごく助かる。ホームのいちばん前で待ってる』

楓はほっとしてスマホをしまった。電車はまさに西荻窪のホームに滑り込むところだ。

「おかあさんが西荻窪まで持って来てくれることになった。なので、私はここで降りて待ってる。ふたりは先に行ってて」

「わかりました。もし何かあったら、すぐに連絡くださいね」

「ありがとう」

そうは言ったものの、楓の胸には不安が渦巻《うずま》いている。

ほんとうに大丈夫だろうか。間に合わなかったら、問答無用で失格になるんじゃないだろうか。私のせいで、みんなに迷惑掛けている。ほんと、どうしたらいいのだろう。

西荻窪駅で降りて、ホームの前の方に移動する。ベンチに座ってどきどきしながら待っていると、母から連絡が来た。

『大翔《はると》がいま、電車に乗った。あと一五分ほどで到着予定』

「えっ、大翔が来るの？」

思わず楓は声を上げた。

大翔は楓のふたつ年下の弟だ。サッカー少年で、日曜日はたいてい練習で家にいない。

今日はどうしたんだろう？　わざわざ来てくれるなんて。

ふたたびＬＩＮＥの着信音が鳴った。今度はカンナからだ。

『先生に連絡取りました。メンバー表の件ですが、受付で新たに用紙を貰《もら》って、その場で書けば大丈夫だそうです。なので、すぐに来てください』

そう言われても、せっかく大翔が電車に乗って来てくれるのに『もう来なくていい』とは言えない。一時間はゆとりを持って出ているので、大翔を待っても十分間に合う。そう覚悟を決めて、楓はスマホを閉じた。

みんなは心配するかもしれないけど、間に合えばいいんだ。説明すれば事情はわかってくれる。

上りの電車を何本かやり過ごしているうちに、一五分ほど経った。また電車がホームに滑り込んでくる。楓はベンチから立ち上がり、先頭車両の方に移動する。

これに乗っているかな？　それとも、もう一本後だろうか。

ぼんやり考えながら車両を眺めていると、いちばん前のドアから真っ先に走り出てくる少年の姿が目に入った。見慣れた黒のジャンパー。がっちりとした肩と長い手足がスポーツマンらしい。あれだ。

「大翔！」

楓の声を聞いて、相手はこちらに目を向け、小走りで近寄って来た。

「はい、これ」

大翔がポケットから取り出した紙を楓に渡す。確かにメンバー表だ。

「ありがとう！　助かった。せっかくのお休みの日に、ほんとごめんね」

「お礼はあとでいいから。まだ時間大丈夫？」

気遣《きづか》うように大翔が言う。いつもは憎まれ口ばかり叩いているけど、こういう時には頼りになる、と楓は思う。

「うん、一時間以上ゆとりを持って出たから、ちゃんと間に合うと思う」

「そう。じゃあ頑張れよ。それから」

一瞬大翔の視線が泳いだ。言おうかどうか迷ったようだが、すぐに楓の目を見て、言葉を続けた。

「姉ちゃんは気が小さいから、こういう事があるとすぐあがる。あがった時はお腹から深呼吸するんだ。それを続けると少し落ち着く。メンバー表だって、間に合ったんだから大丈夫。今日はラッキーだと思って、落ち着いて行けよ」

上から目線の発言だが、弟なりに心配してくれているのだ、と楓にはわかった。大翔はサッカー少年で試合を何度も経験している。彼なりの対処法なのだろう。

「わかった、ありがとう」

「このお礼は、あとで倍返ししてもらうからね」

それを背中で聞きながら、楓は大翔が乗って来た電車に乗る。発車のベルが鳴っている。

ドアが閉まると、楓は扉の前に立ち、ガラスの窓越しに見える弟に手を振った。大翔は楓を見ながら『が・ん・ば・れ』と、唇《くちびる》の形で伝えていた。

東京武道館はモダンな建物で、菱形《ひしがた》が連なったような大武道場の屋根が目を引く。弓道場のほかにも、剣道場や柔道の試合が行われる武道場が二つ併設されている。エントランスを入ると、今日は剣道の大会があるらしく、手前の武道場の方は剣道着を身に着けた選手たちであふれていた。どことなく緊張感が漂っている。

そこを抜けて北の奥にある弓道場に行くと、意外と人が少ない。混雑緩和のため、時間で区切って選手が集められているので、過度な密集は避けられているのだ。以前は介添《かいぞ》えを立てて、矢や替えの弦を巻いた弦巻《つるまき》を管理していたが、人数削減のためにそれも今回はやらないことになっている。

メンバー表を渡して受付を済ませると、田野倉先生が近寄って来た。

「よし、間に合ったな。もう一五分くらいで呼び出しだから、早く荷物を控室に置いて、支度《したく》をしておけ」

「はい。あの、善美とカンナは？」

「巻藁で練習している。そろそろ終わって戻ってくる頃だ」

そうだ、巻藁の練習時間を確保するために、今日は早めに出たんだっけ。おかげで遅刻せずに済んだんだけど、私自身は巻藁の練習時間は取れそうにないな。

「控室は階段上がった三階にある。急いで」

「わかりました」

控室は教室ほどの広さで、奥の方に机が並んでいる。一方の壁面は全面ガラス張りになっていて開放的だ。眼下に弓道場の安土や矢道《やみち》がある。先に来ていた選手たちは学校ごとに固まって、打ち合わせをしたり、用具の点検をしたりしている。その小さなざわめきが、試合の緊張感を感じさせる。

いよいよ試合なんだな。

間に合うかどうかに気を取られて、試合のことが頭から抜けていた。

気合入れなきゃ。

同じ学校の生徒同士は荷物をまとめているが、カンナと善美の荷物の場所がわからないので、スペースが空いていた隅の方に、持ってきた荷物を置いた。弓に結わえて付けていた矢筒《やづつ》を外し、弓巻を外して弓をむき出しにする。弓張板《ゆみはりいた》を使って弦を張ると、弓と矢と弦巻を持って階下に降りて行く。階段下のロビーに、善美とカンナと田野倉先生がいた。

「よし、これで揃《そろ》ったな。まあ、今日は初めてだし、腕試しと思って気楽にやれ」

「はい！」

「ひとりひとりの射《しゃ》については、先日の白井《しらい》さんの言葉を思い出して、各自しっかり頑張るように」

田野倉先生からの激励はそれだけだった。言い終わると「俺、仕事に戻る。会場の中から見ているから」と、奥の方に行ってしまった。

高校弓道大会の運営は、基本的に弓道部の顧問の教師たちが行う。試合当日もジャッジや記録、矢取りなどそれぞれ仕事を分担しているが、自分の受け持ちの生徒の順番の時だけ、仕事を抜けて様子を見に来るのだ。周りにいる教師は、身振り手振りを交えて、生徒に熱心にアドバイスしている。

ああ、もうすぐだな。なんか、嫌な気持ち。どきどきしてくる。

「あれ、もしかして武蔵野西高の方？」

声のする方に視線を向けた。ハチマキを締《し》めたきりっとした顔立ちの女性が立っている。見覚えのある顔だ。

「えっと、西山大付属高《にしやまだい》の部長の……」

名前が思い出せない。だが、顔はわかる。以前練習風景を見学させてもらった西山大付属西山高校の女子部長だ。

「神崎瑠衣《かんざきるい》です。あなたは確か、矢口さんですよね」

「はい。この前はお世話になりました。今日は私たち、初試合なんです」

「そうなんだ。何番？」

選手たちはそれぞれ番号が割り振られている。

「えっと、私は三一番」

「あ、番号近い。私たち、四二番だから」

「今日出場するのは神崎さんたちだけ？」

「いえ、今日は六組出場するんです」

「六組！　すごい」

「今回の大会では、最大六組まで出られることになってるよね。それでもうちの学校は人数が多いから、出られない子もいるんだ。その子たちの分も頑張らなきゃ」

「うちは、逆に三人しかいないから、ぎりぎり出場できたって感じです」

「そうなんだ。だったら、うちの学校に出場枠わけてもらえるといいのに」

冗談めいた口調で神崎が言う。

「はあ」

答えようがなくて、楓はあいまいに返事する。

自分がもし西山大付属の生徒だったら、選手になれるだろうか。その中でトップ一八に入れるのだろうか？

「ともあれ、このあとすぐ本番だね。お互い、頑張ろうね」

「はい、よろしくお願いします」

同い年だけど、タメ口ではしゃべりにくい。以前世話になった、ということもあるが、どことなく相手に貫禄負けしている気がする。

神崎さん、同い年なのに、全然落ち着いている。同じ部長なのに、私なんてメンバー表を忘れてくるし。

それを思い出すと、なおさら楓はカッと頭に血が上った。

ほんと、なんであんなミスをしたんだろう。恥ずかしい。

「先輩、そろそろ移動した方がいいんじゃないですか？」

カンナに言われて、楓は我に返った。

「え、あ、そうだっけ？」

その時、前方の係員が焦《じ》れたように叫ぶ声が聞こえた。

「三一番から四五番の選手、集合してください」

「あ、はい！　じゃあ、神崎さん、行きましょう」

楓たちは集合場所へと進んだ。六人一列になり人数確認をすると、選手たちの待機場へと促《うなが》された。出番間近の選手たちが番号順に並び、椅子に座って待つのだ。

ああ、もうすぐだ。巻藁もできてないし、大丈夫かな。

同じ列に、神崎さんが座っている。きりっとした横顔は試合馴れしているのか、落ち着いた表情だ。

座っている場所からは射場の様子は見えないが、パンッ、パンッと、弦音《つるね》が響いてくる。試合は粛々《しゅくしゅく》と続いているようだ。

弦音を聞いているうちに、胸がドキドキと波打ち始めた。

あ、私あがっている。

それを意識した途端、胸の動悸《どうき》がさらに早まった。呼吸も浅くなる。

わ、嫌だ。どうしよう。

楓の脳裏に過去の嫌な記憶が蘇《よみがえ》る。

中学時代、テニス部の最後の試合。身体が固くなって思うように動けず、ミスを連発した。

ダブルスを組む仲間の怒ったような顔。応援するチームメイトのがっかりした声……。

ダメだ。あの嫌な記憶が蘇る。いま思い出したら、ダメなのに。

今日の試合は三人一組で行う。各自四射して、三人の的中数の合計で順位が決まる。チーム戦なのだ。

私がまた足を引っ張るかもしれない。

冷や汗が出てきた。弓を支える手にも汗が滲《にじ》んでくる。

「先輩、大丈夫ですか？　顔色悪いですよ」

隣に座っていたカンナが心配そうに楓の顔を覗《のぞ》き込む。

「えっ、いや、大丈夫。ちょっと緊張しちゃって」

「深呼吸」

それまで黙っていた善美がふいに口を挟んだ。

「えっ」

「緊張するというのは、血液中のノルアドレナリンが増加して、交感神経が優位になるから起こる現象。だから、副交感神経を優位にするために深呼吸をして調整する。呼吸というのは、自律神経に意識的に働きかけられる方法だから」

「はあ」

言ってることはよくわからないが、とにかく深呼吸しろ、ということのようだ。そうぃえば、大翔も深呼吸をしろ、と言っていたっけ。ちゃんと理屈の裏付けがあるやり方だったんだ。

「手をおへその下にあてて、お腹がしぼむのを意識しながら、口で長くゆっくり息を吐く」

いきなり善美が誘導を始めた。腹式呼吸のやり方だ。楓は素直に善美に言われる通りの動作をする。

「吐き切ったら、口を閉じて鼻でゆっくり息を吸い、お腹を膨《ふく》らませる」

善美の低い声が耳に優しい。楓は目を閉じた。その方が集中できる。

「それからまたゆっくり息を吐く」

隣から小さな呼吸音が聞こえる。カンナも同じ動作をしているらしい。

「そして、また同じように息を吸う。自分のペースでこれを、気持ちが落ち着くまで繰り返す」

そう言って、善美もお腹に手をあてた。善美も腹式呼吸を始める。

顔色ひとつ変えない善美でも、緊張しているんだ。三人揃って同じ動作って、隣にいる神崎さんたちが見たらおかしいだろうな。

それを思うと、口元が緩《ゆる》んで微笑《ほほえ》みが浮かんだ。

いいんだ。私たち、初めてなんだから。『予選くらいで動揺しません』なんて試合馴れしたふり、とてもできない。

楓は深く息を吸い、静かに吐く。

聞こえていた弦音が次第に気にならなくなってきた。息を吸い、吐く音だけが自分の内側で響いている。

だって、それが私の実力だもの。ふだんの練習だって、四射して三中する時もあれば、全然中らない時もある。試合の時だけ上手《うま》くやろうなんて、そんなの無理だし。

呼吸をするにつれてエネルギーが生まれ、身体の中を巡っていく。

弓道部と言ってはいるけど、私たち、本当はまだ同好会。弓道場だって屋上に作っただけのもの。弓道場があって、何十人も部員がいて、毎日練習している学校と同じようにやれるわけがない。部員だって、出場できるギリギリの三人しかいない。出られるだけで、私たちはラッキーなんだ。

深呼吸のおかげか、考え方を切り替えたからか、次第に落ち着いてきた。最後に大きく息を吐くと、楓はゆっくり目を開けた。

先に深呼吸を終えたカンナと善美がこっちを見ている。

「ありがとう。もう大丈夫」

「私もおかげで落ち着きました」

カンナも微笑んでいる。

「それにしても、善美、こんなこと、よく知っていたね」

ふと思った疑問を、善美に尋ねてみる。それに、いつもは単語とか短文でしか会話しない善美にしては、長々としゃべっていたっけ。

「舞台の前にそうしろ、と先生に教えられた」

舞台って何？　と聞き返そうとした時、

「次の方、移動してください」

係員の先生から指示された。善美への質問は発せられることなく、射場に向かうために立ち上がった。

大前《おおまえ》つまり先頭は楓、中《なか》はカンナ、落《お》ちは善美。特に話し合うことなく、自然と決まった。三人の中でいちばん上手い善美が落ち、経験の浅い一年生のカンナが中。消去法で楓が大前になった。大前が好きなわけではないが、仕方ない。

係員に促されて、入口のところに三人並んで立つ。

挨拶《あいさつ》しようとして審判席を見ると、端《はし》の方に座っている田野倉が目に入る。

大丈夫、いつもと変わらない。田野倉先生も見ていてくれる。

「入場してください」

係員に誘導されて、一列に並ぶ。同時に射場に立つ選手たち一五人のなかでも、楓は先頭だ。三人立ちだから、一度に五組が行射をするのだ。

まだ前の組が試合をしている途中で、係員に促されて射場に入って行く。入場も楓が先頭だが、審査の時のように入退場の所作をチェックされるわけではないので、まだ気楽だ。本座《ほんざ》の後ろに置かれた背もたれのない椅子に着席すると、執弓の姿勢で、前の組の選手たちの射が終わるのを座って待つ。すぐ横に審査員の先生たちが三人座っている。田野倉先生は出口近くに控えている。

やっぱり緊張する。でも大丈夫。審査の時だって、こんな風に審査員がすぐ傍《そば》だった。それに比べれば平気なはず。

楓は自分に言い聞かせながら、腹式呼吸を続けている。

安土の両脇の看的所《かんてきじょ》の前に、的中したかどうかが○×で表示される木の表示板がある。一射終わるとすぐに、係が木を動かして○か×か結果を表示している。現在、楓たちの前で試合している学校は、まだ一射も中っていないようだ。

試合で全員ダメっていうのもつらいなあ。

他人ごとではないので楓は同情するが、結局一射も中てられないまま、彼女たちは退場する。それから、いよいよ楓たちの出番だ。立射《りっしゃ》の姿勢で射位に立ち、足元に二《ふた》手《て》目と予備のための矢と弦巻を置く。

これからは、いつもと同じ。

楓はゆっくり打ち起こしをして、左右に弓を引き分けた。いい感じで引けた、と思ったが、矢は少し下に逸れた。

中のカンナも外れ、落ちの善美も外す。二巡目も同様に全員外した。

このままじゃまずい。

楓は少し焦りを感じるが、それでも打つ手はない。淡々と射が続くだけだ。楓とカンナは外したが、善美が三射目にして的中させる。

よかった。うちの学校はゼロ中じゃない。

楓は最後の矢を手に取る。

なんとか一射だけでも中れ。

その願いを込めた矢は的の近くに飛び、ガシャッと鈍い音を立てた。

中ったか？

矢は的と安土の境目くらいで止まっている。遠目にはどちらかわからない。しかし、看的所の方を見ると、無情にも楓の射は×が表示されていた。

あれは木の枠をかすめた音だったのか。

がっかりしながら、楓は弓を倒し、退場口の方に歩き出す。その背中に的中音が聞こえた。

善美がまた中ててくれたかな。

そんなことを考えながら退場しようと出口の方に歩いて行くと、その傍に座っていた田野倉に呼び止められた。

「ちょっと待て。大前は、自分のチームの結果を確認してから退場だ」

楓たちと同時に試合に臨んだチームの射がすべて終わると、審査員と看的所にいる人たちの間で確認が行われる。4、3、2、1、0と書かれた一枚の板を持って、ひとりが的のところに近寄る。的中の数を見て、それと同じ数を板で示す。問題なければ、審査員は片手を上げて「了解」を表す。楓たちは0、0、2という結果だった。

「二中だ。まあ、頑張ったな」

「ありがとうございます」

この成績では、決勝には進めないということは、楓にもわかった。三人の中りの合計が、最低でも六はないとダメだ、ということは、事前に田野倉に言われていた。

「俺はこのまま残るから、支度終わったら、まっすぐ家に帰るように。反省その他は、週明けに男子とまとめてやるから」

「わかりました」

確認を終えて射場を出ると、ロビーのところでカンナと善美が待っていた。

「お疲れさま」

「お疲れさまでした。なんか、あっという間でしたね」

カンナがぼやくように言う。

「ほんとに。射場にいた時間って二〇分くらい？　ここに来るまでの時間の方がずっと長かった」

大翔にメンバー表を持って来てもらったけど、その待ち時間の方が射場にいるより長かった。

「出し切ったとか、そんな感じは全然しなかったですね」

「うん、不完全燃焼っていうか、あっけないというか」

緊張するまでもなかった、と楓は思った。粛々と弓を引き、あっという間に終わる。盛り上がりもなければ、逆転もない。メンバー表の件でバタバタしていたから、事前に巻藁の練習もできなかった。そのせいか、調子が出ないまま終わってしまった。

四射して一射も中らないというのは、いまの自分の実力では仕方ない。あっけなさすぎて、残念とか悔しいとかいった感情が浮かんでこない。

傍には試合を終えた選手たちが固まっているが、そのひとりは「私のせいでごめんなさい」と声を震わせている。それを周りが慰《なぐさ》めている。そんなふうに熱くなれるのはうらやましい、と楓は思う。

「善美さんは二中しましたね。さすがですね」

カンナが善美を褒めるが、善美は素《そ》っ気《け》ない。

「でも、いい射じゃなかった」

「いい射？」

「二射とも端ギリギリだった」

「端でもなんでも中ればいいですよ。全然中らないよりは」

カンナの言葉に、楓もうなずく。やっぱり何も中らないのはカッコ悪い。試合においては、いい射よりも中る射の方が大事だと思う。

「ともかく、着替えに戻りましょう」

中途半端な気持ちのまま、楓たちは控室に戻った。

「どうする？　このまま決勝まで残って観ていく？」

楓が問い掛ける。

「決勝終わるのってどれくらいですか？」

「さあ、夕方の五時くらいじゃない？」

「だったら、私は帰りたいです。まだお昼前だし」

「そうね。私も帰ろうと思う。善美は？」

「帰る」

「じゃあ、みんなで帰ろうか」

荷物を持ち、楓たちは階段を下りて行く。

「そう言えば、善美、深呼吸の話をした時、舞台の前にやるって言ってたけど、舞台ってなんの舞台？」

楓はふと思いついて尋ねる。さっきは試合前だったので聞けなかったのだ。

「日舞《にちぶ》」

「えっ、善美先輩、日舞を習っているんですか？」

カンナが驚いたような声を出す。楓も内心びっくりしていた。善美と一年以上つきあっているけど、そんな話は初めて聞いた。

「六歳から習っていたけど、中学を卒業する時にやめた」

「へえ、そうなんですね。もったいない。一〇年やったら、結構いいところまで行ったでしょうに。どうしてやめたんですか？」

カンナの声には羨望《せんぼう》が混じっている。和風なものが好きなカンナは、日本舞踊にもあこがれがあるのかもしれない。

「日舞は向いてなかったから」

「一〇年続いたんだから、向いてないことはないんじゃない？」

楓が聞くと、善美は首を振る。

「技術はあるけど、気持ちがこもっていない、とずっと言われてきた。それがどういう意味なのか、何年やってもわからなかった」

楓もカンナもそれを聞いて黙った。日頃から感情表現に乏《とぼ》しい善美だから、そう言われるのもなんとなくわかる気がしたのだ。

「あ、でも、だから善美さんの所作はきれいなんですね」

「ああ、確かに。日舞の影響だったんだ」

楓もカンナの意見に納得する。同じ時期に弓道会で練習を始めたのに、善美は最初から所作が決まっていた。ひとつひとつの動作に迷いがないし、いちばんきれいな位置に手足が動くのだ。

「そうなのかな？」

善美は自分ではわからない、というように首を傾《かし》げた。

階段を下りたところにあるロビーには、試合を終えたばかりの西山大付属のメンバーが集まっていた。みんな嬉しそうに談笑している。真ん中にいた神崎と、楓の視線があった。軽く頭を下げて挨拶すると、神崎が傍に寄って来た。

「どうでした？」

楓の方から質問する。

「合計が八中だったので、決勝に進めそう」

「おめでとう！　素晴らしい成績ですね」

「ありがとう」

神崎は嬉しそうに頬を染めている。八中は出場チームの中でもトップクラスの成績だ。そう言えば、射を終えて退場しようとした時、後ろで拍手が起こっていた、と楓は思い出した。

「もしかして皆中したの、神崎さん？」

応援団がいないので試合中の会場は静かだったが、誰かが皆中した時だけは拍手が起こる。西山大付属の中に、皆中した選手がいたのだ。

「ええ、今日は調子がいいみたい」

悪びれず、神崎はにっこり笑った。

「凄《すご》い！　本番で皆中できるって、すごい精神力だと思います」

「たまたまだよ。それに、決勝でちゃんとできないと意味ないしね。そちらはどうだった？」

「全然ダメ。初めてだし、あがっちゃいました」

「そっかー。じゃあ次はもっとよくなるよ。私も最初に試合に出た時は、緊張して全然中らなかったもん」

「えーっ、神崎さんでもそうなの？」

緊張するとかあがるとかいうのは、クールな神崎の印象からは遠い。

「そうだよ。試合馴れって大事だよ。回数重ねれば、度胸もついてくるし」

「うん、そうですね。そうなるように頑張ります」

「じゃあ、次は新人大会で会おう」

「うん、新人大会で」

神崎はそれだけ言うと、ほかの選手たちの方に戻って行った。楓たちは出口の方へと進む。ほかにも予選敗退が決まった選手たちが、何人もそちらに向かっていた。

「ただいま」

マンションの扉を開けて玄関で靴《くつ》を脱いでいると、弟の大翔が奥から出て来た。デイパックを抱えている。

「今日はありがとう」

「で、どうだった？　試合」

「全然ダメ。四射して一射も中らなかった。まあ、それが実力だから、仕方ないけど」

「姉ちゃん、運動神経よくないしな」

大翔の言葉にカチンときた。大翔は小さい頃からサッカーをやっており、運動は得意だ。足も速く、リレーではスターだ。

「いつも言うけど、私は並だってば。体育の成績だって悪くはないし。それに、弓道は運動神経関係ないよ」

「ほんとに、そう思ってるの？」

大翔が真顔で聞く。

「どういうこと？」

「弓道くらい、運動神経で差が出る競技も少ないんじゃないかと思うよ」

「そうかな？　弓道は反射神経関係ないし。テニスの方がいろんな動きをするし、よほど運動神経と直結してると思うよ」

「あのさ、運動神経の定義が違っているよ。運動神経って言うと、速く走るとか、反射神経のよさって、思ってるでしょ？」

「まあね。違うの？」

「それもあるけどさ、運動神経っていうのは、自分の思う通りに身体を動かせるかってことだよ」

「自分が思う通りって、どういうこと？」

「たとえばさ」

大翔は抱えていたデイパックを床に下ろして、楓を玄関に設置された鏡の前に立たせる。

「ここじゃちょっと狭いけど、まあいいか。目をつぶって、両手を床と平行になるように上げてみて」

「こう？」

楓は言われた通りにやってみる。

「ほんとに、それで大丈夫？」

念を押されると、楓の中に迷いが生じる。

「こうかな？」

少し左手を上げる。

「それでいい？」

「うん」

「じゃ、目を開けて、鏡見て」

鏡を見ると、左が少し上がり過ぎている。右手も水平よりわずかに下がっている。

「運動神経のいい奴は、ちゃんと地面に水平に上げられる。それがつまり身体を思い通りに動かせるってこと」

「ああ、なるほど。確かに、弓道は縦線横線利かせてとか、縦横十文字《たてよこじゅうもんじ》とかよく言われる。それがちゃんとできるって、運動神経がいいってことなのか」

楓は指導者によく言われることを思い出した。縦横十文字は、自分ではできているつもりだけど、よく直される。

「縦線って、つまり中心軸ってこと？」

逆に大翔に聞き返される。

「中心軸って、何？」

「身体の中心に、目に見えない軸が通っているって考え方。これが安定していると、プレーも安定するっていう。スポーツではわりと一般的な考え方だし、ダンスでもよく言われている」

「うん、たぶん縦線って考えも、中心軸と同じことだと思う」

縦線利かせてと指導者にはよく注意されるが、それは姿勢を正して、地面にまっすぐに身体を置くことだと楓は思っている。

「弓道って動きがシンプルな分、身体をちゃんと使えているかどうかってことがすごく大事になってくると思うよ。ほんのちょっと腕の位置がずれただけで、中りも変わってくるんでしょ」

「それは確かにそう」

「姉ちゃんみたいに、身体が使えてないと、弓道も上達は難しいよ」

大翔に言われたことはずしん、と楓に響いた。一年やって、中りが少ないのは、私の運動神経が悪いからなのか？

「……じゃあ、どうすればいいの？」

「わかるやつは感覚だけでちゃんと動かせるけど、そうでない場合は鏡を見たり、映像に撮ったりして、身体の中心軸がちゃんとまっすぐになっているか、腕が地面と平行になっているかを見ながら覚えるしかないよ」

「それはそうだけどさ」

そういう事なら、言われなくても弓道場の巻藁の練習の時などでやっている。もっと劇的に改善できる方法はないのか、と思う。

「あと、これは勘だけどさ、姉ちゃんの場合緊張しいだし、身体に力が入り過ぎているんじゃないの？」

「そりゃ、弓を引くには力がいるから、そうなるよ」

「だけど、無駄に力が入り過ぎていると、身体もちゃんと動かないよ。中心軸を基準にして、上半身の無駄な力を抜いて効率よくプレーするっていうのが、いろんなスポーツの上達の秘訣」

「わかってるよ。それがうまくいかないから、苦労してるんじゃない」

弟に偉そうに語られるのは、なんとなくおもしろくない。力を抜けってことも、弓道会でよく注意されるので、自分としては気を付けているつもりだ。

「まあ、それならいいけどね」

大翔は床に置いたデイパックを取り上げた。

「あれ、これから外出？　サッカーの練習じゃないの？」

大翔は地元のサッカークラブに所属していた。土日はそっちの練習で忙しいはずなのに。

「俺、いま中三だよ。これから塾に行くんだ」

「塾？　サッカーはやめたの？」

「やめた訳じゃない。自主練はしている。俺、尚学院《しょうがくいん》高校を目指しているんだ」

「尚学院って、高校サッカーの名門の？」

「うん。だけど、偏差値も高いんだ。文武両道を目指すってわけ」

「へえ、頑張るじゃない。てっきりもっと上位のクラブチーム目指すとか、サッカー留学するって言うのかと思っていた」

「それができればね。それで成功できるほどの自信はない。身体だってそんなに大きくないし。尚学院に入ってレギュラーになることだって、できるかどうかわからない」

少し前までは、プロのサッカー選手になるとか、ブラジルにサッカー留学したいとか、夢のような話を語っていた子が、いつの間にこんなに現実的になったのだろう、と楓は思う。

「それでも尚学院を目指すの？」

「どうせやるなら、東京で一番の学校で頑張りたい。周りのレベルも高いと思うし。勉強だって、できるに越したことはない。自分の将来の選択肢が広がるからね」

「……大翔、おとなだね」

「だって、中三だし。姉ちゃんこそ、大丈夫なの？　来年は高三だろ？　将来の展望とか考えているの？」

「よけいなお世話。それより、そろそろ出掛けないといけないんじゃない？　時間大丈夫？」

楓に言われて、大翔は腕時計を見る。

「いけね、こうしてる場合じゃない。じゃあ、行くわ」

そう言い捨てると、大翔はドアを開けて、急ぎ足で出て行った。その背中を、楓はまぶしいものを見るように、ぼんやり見送っていた。

2

翌日、掃除当番を終えて、楓は遅れて部室に顔を出した。ドアを開けた途端、全員が楓の顔を見る。

「みんな、どうかした？　まだ練習始めないの？」

「あのさ、いま練習時間のこと、話し合っていたんだ」

一年の高坂賢人が言う。

「練習時間？」

「今日も、たのっち、休みだって言うんだ」

「じゃあ、今日の的前練習はなしってこと？」

次の試合を頑張ろうと思っていたのに、出鼻をくじかれた気持ちだ。田野倉先生がいない時には、的前の練習はしない。最初に田野倉先生と約束したのだ。

「うん。だけど、そんなふうに、いつもたのっちの都合で俺らの練習時間が削られるっていうの、どうかと思う」

「うん、それはそうだね。もともと練習日は週三日しかないのに、さらに減るのはがっかりだよ」

そうでなくても、雨の日は中止だし、暗くなったら練習を止める。屋上弓道場は意外と練習時間が少ない。

「やっぱり楓もそう思うよね」

賢人は嬉しそうだ。

「ん？　どういうこと？」

楓が尋ねると、賢人は隣にいる大貫一樹と目を合わせて言う。カズも高一だ。

「俺ら、毎日練習したいんだ。できれば、朝練とかもしたいし」

「朝練？」

「試合出て思ったんだ。俺ら、絶対的に練習量が少ない。今年始めたばかりの一年でも、俺らより上手に引けてるやつがいた」

賢人は悔しそうだ。賢人自身は中学生から地元の弓道会で練習を始めて、既に弐段を持っている。なので、始めたばかりの人間に負けたのは悔しいのだろう。

「だけど、賢人の方がきっと体配《たいはい》はきれいだよ。歩き方ひとつとっても、ちゃんとできてない子はいるし」

「弓道会だと、そういう事ばかりやるからね。だけど、それができたからって中るようにはならない。俺は試合に勝ちたいんだ。せっかく弓道部を作ったんだし、屋上だけど専用の弓道場だってある。もっと練習したいんだ」

「つまり、練習日を増やしたいってこと？」

「それもある。だけど、それだけじゃなくて、たのっちがいない時でも練習したいんだ。どうせあんまり指導らしい指導なんてしてくれないし」

「でも、そんなこと、できるのかな？」

練習の参考にした西山大付属の弓道部では、顧問がいない時は練習しない、と言っていた。なので、楓もそういうものだと思っていたのだ。

「できるよ。俺、同じ中学出身で別の都立に行ったやつに試合会場で会ったんだ。そいつに言わせると、顧問の先生がいない日でも練習してるって。先生待ってたら、全然練習なんかできない、って言ってた」

「そうなんだ」

西山大付属は私立高校だ。私立と都立では、顧問に対する考え方も違うのかもしれない。

「それに、そいつ高校から始めたのに、試合で二中してたんだぜ」

賢人は悔しそうだ。自分の方が先に始めていたのに、同じ二中という結果だったのが、ショックなのだろう。

「それはそうだけど……」

指導者がいない時には練習はしない、というのが田野倉が顧問を引き受けてくれた時の条件でもあった。なのに、変更を受け入れてくれるだろうか。そんな楓の気持ちを察したのか、カズが言う。

「そりゃさ、最初は未経験者も半分いたし、教師立ち会いじゃないとダメだと思ってたけど、いまはもうみんなそれなりだし、もっと練習時間を増やすべきだと思う」

確かに、カズの射はさまになっている。子どもの頃から柔道をやっていたおかげか、体幹が強く、射に勢いがある。始めて半年足らずとはとても思えない。

「ちゃんと安全基準を守れば、別にたのっちの立ち会いなんていらないと思う。いても、そんなに指導してくれるわけじゃないし。それより、白井さんがもっと来てくれる方が、全然役に立つ。楓もそう思うだろ？」

「それは確かに。だけど、たのっちがいいと言うかな」

「それは交渉次第さ。でも、部長も同じ意見なら、たのっちに交渉してみようぜ」

「ほかのみんなはどう思う？　賢人とカズに賛成？」

楓が聞くと、カンナが言う。

「私は賛成です。もっと練習したいと思ってましたから」

「一年は全員賛成ってことだね。で、善美はどう思う？」

「安全に配慮するなら、いいと思う。時間を増やすことにも賛成」

善美はあっさり答える。

「ミッチーは？」

みんなの視線が薄井に集まる。

「僕は……いままで通りでもかまわないと思うけど。誰も見てくれる人がいないのは不安だし」

薄井が弓道を始めたのは高二になってからだ。上達の速度も、同じ時期に始めたカンナやカズに比べると遅い。

「だから、お互いでちゃんとチェックすればいいって。俺らがミッチーのこともちゃんと見るよ。それに、ミッチーも確実に上手くなっているよ。前みたいに変なところに飛ばなくなったし」

賢人がそう言って肩を叩く。どちらが年上かわからない。弓道経験年数から言えば、賢人の方が三年先輩なのだ。

「不安があるからこそ、もっと練習した方がいいと思いませんか？」

カンナが薄井に言う。

「それはそうだけど……」

薄井の入部の条件も、週三日の練習でいいから、というものだった。部として申請を通すための人数合わせで強引に頼み込んで、そういう条件で入ってもらったのだ。

「知ってる？　弓道は高校から始めても全国に行ける、数少ない運動部なんだぜ」

カズが大事なことを打ち明けるような口調で言う。確かにほかのスポーツは、たとえば野球とかサッカーのように小学校から始める選手が多い。高校から始めたとすると、ほかのメンバーに五年六年と遅れを取っている。それに比べると、弓道は圧倒的多数の生徒が高校スタートだ。

「え、ああ、そう言われればそうかもね」

「なので、俺たちにだってまだチャンスはある。全国を目指せるんだ」

珍しくカズがやる気にあふれた発言をする、と楓は思った。いつもはめんどくさいことを嫌い、練習も省力化しようとするのに。

「いや、僕は無理だと思う。もうすでに高校生活も半分過ぎているし、遅くとも三年の夏には受験態勢に入るから」

薄井はにべもなく答える。

「俺らはまだ一年。これからも伸びしろはある」

「きみたちはそうかもしれないけど」

楓も薄井の気持ちはわからないではない。自分ももう高校生活は半分過ぎた。いまから全国目指すのは遅すぎる、という気がする。

「ミッチーは最初に約束したから、今まで通りの練習でもかまわない。強制はしない。だけど、俺らはもっと練習をしたいんだ。田野倉先生がいない時でも練習をする、それに賛同してくれるだけでいいんだ」

「うーん、そうは言っても、僕だけ規律を乱すようなことはしたくないし……」

真面目《まじめ》な薄井は、自分の副部長としての役割を考えているのだろう。躊躇《ちゅうちょ》する薄井を後目《しりめ》に、賢人が楓に尋ねる。

「な、楓だってもっと学校で練習できるといいと思うだろ？　弓道会にわざわざ道具持って移動するのも面倒だし、公営の弓道場じゃ、お金も掛かるし」

「そうねえ」

楓自身は迷いがある。もっとうまくなりたい、という気持ちもあるが、週に三日というゆるいペースもそれなりに気に入っている。塾や、部活以外の友達と遊んだりするのにも、都合がいい。

「で、具体的にどれくらい増やしたいの？」

「毎朝一時間くらい朝練の時間を取る。夕方も毎日時間を取る。そうは言っても、雨だとうちは練習できないんだから、道場を持ってる学校には遅れを取るんだぜ」

天候に左右されるのが、屋上弓道場のつらいところだ。射場に雨除《あまよ》けがないと、練習はできない。

「雨だったら、休みってこと？」

薄井が聞く。

「体力作りとか座学をやらない日は休みにしてもいいかもね」

賢人が言うと「賛成」と、カズも言う。座学については、最近はほとんどやってい
ない。発表を当番制にしたのだが、賢人やカズがサボりがちなので、なんとなく不公
平感が生まれ、やめにする日が多くなった。

「土日はどうしますか？」

カンナが聞くと、前から考えていたのか、賢人が即答する。

「俺個人としては、土曜の午前中を練習にあてたい。午後と日曜日はフリー」

「それなら私もその練習時間に賛成です。土曜日は一三時から塾があるので、それま
でに帰れるなら大丈夫です」

「じゃあ、一年の三人と善美は、練習時間を増やすのに賛成。反対は、楓とミッチ
ー？」

賢人がまとめると、薄井は口を尖《とが》らす。

「反対ってわけじゃないよ。僕だってもっと上手くなりたいし。だけど、塾や勉強と

の兼ね合いがどうか、って考えているだけ」

「じゃあ、賛成してくれるんだね。楓は？」

「私は、みんながいいなら、それでいいよ」

自分だけ反対するほど強い気持ちはない。練習時間が増えるのも、そんなに嫌ではない。

「よし、決まり。さっそくたのっちに交渉だ」

それにしても、やけに賢人が張り切っている。なんでそんなに前向きなんだろう、と楓は不思議に思っていた。


全員で地学準備室に行き、「先生が立ち会わなくても練習をさせてほしい」という要望を話すと、田野倉はあっさり「いいよ」と、返事をした。

「先輩たちのことを知っているおまえらには、安全な練習が大事だってことは、ちゃんとわかっているだろうし」

一〇年以上前、弓道部が休部に追い込まれるきっかけになった事件のことだ。楓たちは、部の指導者の白井康之《やすゆき》の口から、それを聞かされている。

「安全に十分配慮すること。練習計画を立てること。朝晩練習が終わったら、ちゃんと報告を俺に寄こすこと。それが守れるんなら、俺の立ち会いなしでもかまわない」

「やったー！」

賢人やカズは手放しで喜んでいるけど、楓はちょっと気が重い。

練習計画って、部長だから私が作るんだよね。めんどくさいな。それに、毎日の報告も私がやるんだろうか。

「先生、理解があるね」

「自主的に練習するっていう気持ちは、教師としては後押ししたい。おまえら、確実に上達しているから、俺が立ち会わなくても大丈夫だろう。それに、毎回立ち会いしなくていいなら、俺も楽になるしな」

本音はそこ？　と楓はツッコミを入れたくなった。最初の言葉だけなら、いい話なのに。

「で、おまえら、毎朝、毎夕練習するってことか？」

「はい、そのつもりです」

「いえ、そうとは限りません」

賢人と薄井の声が重なった。言った瞬間、お互いの顔を見る。

「え、どっちなんだ？　毎日、来たいやつだけ参加するってんじゃ、部活というんじゃないだろう。活動日ははっきりさせなきゃいけないし、基本は全員参加だ」

「わかりました」

賢人がしらっと答える。

「じゃあ、安全についてどういうふうに対策を取るか。練習時間をどうするか、話し合ってまとめて俺に提出してくれ。簡単なやつでかまわないから。それを出して俺が納得したら、OKということにする」

「わかりました！」

勢いよく返事をしたのは、賢人とカズだ。

「ところで、次の試合が終わったら翌週は学園祭だけど、おまえら何かやるつもりなのか？　準備は大丈夫か？」

「ああ、それでしたら、決まっています。デモンストレーションをやるつもりです」

楓がみんなを代表して答える。

「デモンストレーション？」

「弓道の練習風景を公開します。あと、希望者には巻藁を体験してもらおうと思っています。弓道部はこんな風に活動しているっていうところをみんなに見てもらいたいし、学校見学に来た中学生にもアピールしたいんです。それを見て、入部してくれる子がいるかもしれないし」

つい最近、みんなで話し合って決めたことだった。部単位でお店をやったり、パフォーマンスをするところもあるが、弓道部は直前に試合があるので準備する時間がない。デモンストレーションはお手軽だし、効果的だと全員が賛同したのだった。

「なるほど、じゃあ、準備はそんなにいらないか」

「はい、用意するのはポスターくらいだと思います」

「わかった。試合も大事だが、学園祭も高校生活のハイライトだからな。しっかりやれよ」

それだけ言うと、話は終わったと言わんばかりに、田野倉先生は机の上にあった書類のようなものに目を落とした。「失礼しまーす」と口々に言ってみんなは退出した。

廊下に出ると、薄井がすぐに賢人に言う。

「全員参加なんて言われたけど、どうするんだ。僕は無理だと思う」

「大丈夫、あくまで基本、だから。何か予定があって部活休むのは、仕方ないことだろ？　参加できない日は休むのも仕方ないって」

「それはそうだけど……」

「ミッチーは好きなようにやればいいんだよ。勉強だって大事だし。俺らは、全国目指して頑張るわ」

「で、朝練は何時から？」

「七時半くらいかな。それとも七時にする？」

「あんまり早いのもつらいよね」

それを聞きながら、楓のこころはざわめく。いつの間にか、賢人たちが仕切っている。別に部長だからって中心でいたいとは思わないけど、蚊帳《かや》の外に置かれた気がしておもしろくない。

「午後は？」

重ねて薄井が尋ねる。

「毎日三時半くらいから六時半くらいかな。人数少ないし、的をみっつにすれば、三時間でも回数引けるし。だけど、冬は暗くなるのが早いから、五時前までしか練習できないよ」

「だけど、回数引いても、僕、上手くなるんだろうか」

「大丈夫、そこは部活だもん。お互い、教えあおうぜ」

「そうだけど」

「部員少ないから、ミッチーがいないと俺たち男子はチームが作れない。ミッチーが頼りなんだよ」

カズがおべんちゃらを言う。薄井はまあ、仕方ないか、という顔をしている。

「じゃあ、俺先に戻って、話し合いの準備をするわ。今日中にまとめれば、明日からでも練習できるし」

そう言って、賢人が走り出すと「俺も」とカズがその後を追った。

走り去る二人の背中を見ながら、薄井が小さな溜《た》め息《いき》を吐《つ》いた。横にいた楓が話し掛ける。

「あのふたり、張り切ってるね。試合がうまくいかなかったのが、そんなに悔しかったのかな」

「それもあるけど……」

薄井が歯切れの悪い言い方をする。

「何かあったの？」

「試合の帰りに、カズの知り合いにあったんだ。ガタイがいいので、たぶん柔道やってる連中だと思う。僕らが弓を持ってるのを見て、カズに言ったんだよ。『柔道から逃げて、今度は弓道か？　何をやっても中途半端なやつだから、どうせ長続きはしないだろうけど』って嘲笑《ちょうしょう》するんだ」

「うわ、嫌な言い方だね」

「カズは無視して通り過ぎたけど、内心すごく怒ってるみたいだった」

「そうか。それでやる気になったんだ」

「たぶんね」

「やる気になったのは、悪いことじゃないけど……」

カズが柔道をやめた理由には、何か複雑な事情があるようだ。本人は嫌になっただけ、と言うが、それだけだろうか、と楓は思う。

「僕、付いていけるかなあ」

そう言いながら、薄井はまた深い溜め息を吐いた。


翌日の朝から、田野倉抜きの練習が始まった。ふたり一組で練習し、ひとりが引いている時は、もうひとりが安全を確認する。矢取りの時は必ず合図してから安土に向かうなど、安全対策と言っても、いままでとそれほど変わるわけではない。ただ、順番にその日の責任者を決め、練習が終わったら田野倉に報告に行く、というミッションが新たに課されることになった。

「やっと部活らしくなってきましたね」

カンナは嬉しそうだ。

「でも、朝早いと、お弁当作りが大変」

楓がぼやく。楓の母は働いているので、お弁当作りは自分でやっているのだ。もっとも、おかずは事前に母が用意してくれているので、それを詰めたり、おかずが足りない時には卵焼きを焼いて入れたりするくらいだったが。

「でもこれで、きっと私たち、もっと上手くなれますよ」

カンナが言うように、初心者だったカンナとカズは、目に見えて上達している。カンナとペアを組む賢人もカズと組む善美も、アドバイスはほとんどしていない。これから練習量が増えたら、どんどん上手くなっていくだろう。

練習を重ねるにつれて、楓自身も中りの本数が増えてきた。前は二割から二割五分の的中率だったが、三割から四割くらいはコンスタントに中るようになった。矢どころもまとまっている。ちょっと下に落ち気味なのは気になるが、それでも確実に上達している手ごたえがある。

それに比べると、二年生の薄井の進歩はあまり見られない。ぶつぶつ言いながらも、薄井はちゃんと毎日練習に来ている。朝練も欠かさない。だが、的前で練習を始めて四ヵ月、まだ一度も的に中ったことがないのだ。薄井と組んで練習するのは楓なので、楓も責任を感じている。

「いまの、最後に引いた時、馬手《めて》（右手）が緩んだでしょ」

「緩んだって？」

「力を抜いたというか。最後まで引き切らなきゃダメだよ」

もっともらしくアドバイスするが、楓にはあまり自信がない。弓道会なら五段以上の人でなければ、本来は指導する資格はないのだ。

「それに、弓手《ゆんで》（左手）が馬手よりも上がっているし」

「上がってる？　ほんとに？」

「うん」

「そうかあ。自分じゃまっすぐなつもりだけど」

ふたりがしゃべっていると、後ろで引いていた射手《いて》がカズから善美に替わった。

「じゃあ、ちょっと善美の射を見て。参考になるから」

善美はふたりの会話に頓着《とんちゃく》せず、淡々と矢を番《つが》え、左右に引き分けた。

「ほら、善美の射はすごくきれいでしょ？　縦横十文字がちゃんと生きている」

「縦横十文字って？」

「弓道の場合、足・腰・脊柱《せきちゅう》・頸椎《けいつい》から成る縦の線と、両肩とか両腕とか両肘《ひじ》それに両手指が作る横の線が垂直にならなければいけないんだ。それで十文字ができる。えっと、射をする時には五ヵ所の十文字ができなければならないんだ」

「五ヵ所って？」

「弓と矢、弓と弓手の手《て》の内《うち》、胸の中筋《なかすじ》と両肩を結ぶ線と、それからなんだったたっけ」

初段の昇段審査を受ける時に丸暗記したことを、楓は懸命《けんめい》に思い出そうとする。だが用語はうろ覚えだし、言葉ではうまく説明しにくい。

「そうだ、スマホに録画してみるわ。そっちの方がわかりやすいから」

「うん、そうしよう」

「じゃあ、私そこにスマホ置いてあるから、それに撮るね」

楓は屋上の隅のテントの下に置いていた手提《てさ》げから、自分のスマホを取り出した。

「じゃあ、引いてみて。録画するから」

薄井は三的あるうちのいちばん前に立っていた。楓は少し離れた場所に立ち、薄井を正面から撮影する。

「どうだった？」

射が終わると、薄井が近づいて来た。

「うん、やっぱり弓手があがっているので、ちょっとのけぞっているみたいだった」

そう言って、楓は録画した映像を見せる。

「ああ、言われてみれば確かに。だけど、そんなひどくもないよね。これでもダメなの？」

引く時に薄井も意識したのか、最初の時より傾きは少ない。

「ううん、なんと説明すればいいかな」

楓が言葉を探していると、再び中の位置に善美が立った。ひとつの的にふたりしかいないから、回ってくる順番も早い。

「ああ、ちょうどいい。善美の射で説明するね」

それから、楓は善美に向かって声を掛ける。

「ごめん、善美、ちょっと撮らせてもらうよ」

善美はちらっと楓を見たが、何事もなかったように構える。楓は善美が引き終わるまでをスマホに収める。引き終わると、楓は薄井にその映像を見せて説明する。

「ほら、引き分けの時、弓と矢が垂直になってるでしょ。これがまずひとつめの十文字」

「確かに」

「それから、胴体の縦の線に対して、両肩は水平。ここでも十文字ができる」

「うん」

「あとは、首筋と矢も十文字だし、ちょっとわかりにくいけど、左手の弓手と弓、馬手の親指と弦も十文字を作っている。弓を引く時はこの五つの十文字ができなきゃいけないんだって。ちゃんと引けている時はそれができているって、弓道教本には書いてある」

「なるほど。論理的だ」

薄井の「論理的だ」というのは、最大級の誉《ほ》め言葉だ。楓はちょっと照れくさくなった。

「まあ、理屈ではそうだけど、善美みたいにきれいにできるとは限らないよ。私も、よく縦線利かせて、と注意される。つい、背中が猫背になっちゃうんだ」

「じゃあ、楓のも撮ろうか？」

「いいよ、自分の映像見るの、ちょっと恥ずかしいし」

「そんなこと言わず。参考になるんでしょ」

薄井に促されて、楓は的前に立つ。薄井が楓のスマホを構えて撮影する。その姿を見て、隣で練習していたカズが声を掛けた。

「さっきから何やってるかと思ったら、撮影してるんだ。何それ、インスタにでも上げるつもり？」

「そうじゃないよ。撮影して、自分の悪いところを研究するんだ」

「そっかー。じゃあ、俺もやろうかな」

「いいんじゃない？　やみくもに引くより、自分の欠点がわかると思うし」

楓が言うと、奥にいたカンナと賢人が言う。

「私もやりたいです」

「俺だって」

そうして、みんな自分のスマホを取りにテントの方に走った。

「ついでにちょっと休憩しようぜ」

賢人がそう言って、テントの下に座り込み、持っていたタオルで額《ひたい》を拭《ぬぐ》う。

「ああ、いいですね。今日は二時間引きっぱなしなので、ちょっと疲れました」

カンナもそう言いながら、水筒をバッグから取り出している。それを見て、喉《のど》の渇きに気が付いた楓も、テントの方に歩いて行こうとした。その時、背中の方で、スパンと心地よい的中音がした。振り向くと、善美が射を続けている。みんなの騒ぎなど聞こえないように、力みなく弓を引いている。縦横十文字をそのまま体現したような、乱れのない、みごとな射形《しやけい》だ。

善美は、録画なんか必要なさそうだな。

テントのところに来ると、楓は薄井が撮影してくれた自分の映像を観た。自分の射形を見るのは初めてだ。なんだか気恥ずかしい。それに、あまり美しい射形とは言えない。撮影されているので、縦横十文字を意識したつもりだったが、全然できてない。

「わ、なんか、ぶれてる！」

思わず声が出た。離《はな》れの瞬間、身体がほんのわずかだが、左右に揺れている。美しいどころか、不安定な射形だ。

「何？　どうかした？」

賢人が画面を覗き込む。

「ほら、これ離れの時、身体が揺れてるでしょ？　どうしてかなあ」

「ん？　まあ、これくらいなら、よくあることじゃない？」

「そうかな」

「たぶん胴造りがまだ弱いのかもしれない。毎日練習してたら自然と胴造りも鍛えられるし、きっと揺れなくなるよ」

賢人は軽い調子でアドバイスした。

「そうかな、そうだといいけど」

それにしても、始めて一年以上経つのに、まだ弓を引く胴造りがちゃんとできてないのか。

楓は練習を続けている善美を見た。善美は楓よりもきゃしゃなのに、射形は安定している。胴体はどっしりして、微塵《みじん》も揺れない。

始めた時期は同じなのに、どこで差がついてしまったんだろう。

楓は溜め息交じりに善美を見ている。善美は見られていることなど気にもせず、淡々と練習を続けていた。


試合の直前の金曜日に、白井が指導に来てくれた。一〇月は白井が家庭の事情で忙しかったために、一度しか立ち会い練習ができなかった。なので、見てもらうのはひと月ぶりだ。勢い、みんなも練習に力が入る。

白井は射手の前に立ち、一射目は何も言わずに様子を見る。二射目は射をする途中で止め、訂正すべきポイントを語り、姿勢や構えを正しい位置に直させる。

「もう少し、馬手を大きく。肘を後ろの的に当てるようなつもりで」

「手の内の角度がおかしい。手首を曲げず、角見《つのみ》を利かせるように」

自分で実演したり、射手の身体を動かしたりしてくれるので、とてもわかりやすい。

楓の番になった。前よりは上達していると自負している楓は、自信を持って的前に立った。

背筋の事をよく注意されるから、そこに気をつけなきゃ。それから、左右ちゃんと水平にして、肘から引き分けて。

そう思いながら放った射は、勢いをつけて飛び、なんとか的の下方に中った。

どうでしょうか、と言うように楓は白井を見る。

「身体に力が入り過ぎていますね。上半身の力を抜いて肩が下がるように。それから、縦線横線を利かせて左右均等に引き分けて」

「えっと、上半身の力を抜く、ですか？」

自分ではそれほど力を入れているとは思わないし、左右均等に引き分けているつもりだった。

「じゃあ、最初からもう一度。足踏みをして、そう。丹田《たんでん》に意識を置いて、打《う》ち起《お》こし」

打ち起こし、つまり弓を両手で身体の前にぐっと上げた時、白井は楓の右手首を持ってさらに上に上げた。

「これくらいの位置が正しい」

さらに大三《だいさん》つまり、矢尺の半分位を引き分ける動作を取ると、

「もう少し引いて。右手を上げて」

と、指示する。その通りにして引き分けると、

「もっと弓手を押して」

しかし、姿勢を変えたせいか、いつものように力が入れられない。腕だけで引き分けるような感じになって持ちこたえることができず、そのまま矢を放った。矢は力なく飛び、的からかなり後ろの方に刺さった。

しまった。

白井さんによいところを見せたいと思ったのに、全然ダメだ。

しかし、白井は何も言わず、矢の飛んだ方向を見ている。

「すみません」

「いえ、私が悪かったです。明後日は本番ですね。そんな時にいろいろ言うべきでは

なかったです。今日のことは忘れてください。試合が終わったら、もう一度説明します」

「えっ、どういうことですか？」

「いまの射は一応、まとまっていますね。それを小手先で直そうとすると、かえってダメになります。試合が終わったら、じっくりやりましょう」

楓はどういうことかわからず、ぽかんとして白井を見る。だが、白井は楓の後ろにいた善美の指導に移った。

善美が一射目を引く。力みなく引いた射は、真ん中に的中する。

「いまのは綺麗《きれい》でした」

白井が感嘆したように言う。褒められても善美は表情を変えず、淡々として二射目の動作に移る。二射目も難なく的中した。

「言うことありませんね。本番でもこの姿勢を崩さず、落ち着いて臨《のぞ》んでください」

それだけ言って、次の指導に移った。

その後も、楓はあまり注意はされなかった。それでも射はまあまあ的中した。練習が終わり、白井は試合にあたっての心構えやアドバイスをひとりひとりに贈った。楓もアドバイスをもらった。

「矢口さんは、とにかく左右ちゃんと引き切って。そうすれば矢は落ちないと思います。それだけを意識してください」

「ありがとうございます」

そう返事をしたものの、内心もやもやしたものが残った。

ここのところ調子がいいし、矢もよく中っている。なのに、根本的に直さなければならないことがあるのだろうか。

善美と同じ時期に始めて、白井さんの指導も同じくらい受けているのに、そんなに差がついてしまったんだろうか。

「じゃあ、今日はここまで。男子は明日本番、女子は明後日だね。落ち着いて練習通りにやれば、結果はついて来る。勝敗を意識せず、自分らしい射をしてください」

白井の言葉で練習は終わった。

「ありがとうございます！」

と言って頭を下げながら、楓は不安な気持ちを抑え切れなかった。

その翌日、楓は弓道会に来ていた。試合の前日なので、家で落ち着いていられなかったのだ。雨なので、屋上の弓道場では練習ができない。弓道会ならちゃんと射場の部分には屋根がある。

男子の試合が始まった頃だな。みんな頑張ってるかな。

楓はそんなことを思いながら、神社の階段を上っている。楓の所属している地元の弓道会は、神社の敷地の奥に弓道場を持っているのだ。昨日学校から弓と矢を持って帰ったので、今日はそれを持って練習に来ている。弓巻をビニールの雨除けでくるんでいる。矢筒は弓に縛り付けてある。雨がビニールにあたってしずくが垂れて、肩の辺りが濡れてきた。

あと少しで道場だから、我慢、我慢。

自分を励ましながら、楓は境内《けいだい》を突っ切った。大きな樹が暗い影を落とす。水たまりをよけながら、楓はゆっくり歩いて行く。

弓道場のある裏手の方に近づくと、スパン、と弦音が聞こえてきた。

よかった、私ひとりじゃなかった。

弓道会の弓道場は出入り自由なので、いつもは誰かしら人がいる。だが、天気が悪いとたまに、エアポケットに入ったようにぽっかり人がいなくなる時間帯がある。そういう時は自分で鍵を開けなければならないので、ちょっとめんどくさい。

道場にいたのは、男性がふたり。それを見て、楓のこころは浮き立った。

善美の兄である真田乙矢《いつや》と、楓の知らない男性の先輩だ。以前は時々弓道場で会えたのだが、部活中心になってからは楓自身が道場に行く機会が減った。乙矢も大学生になって忙しい。楓がたまに弓道会に来ても、姿を見掛けることはほとんどない。

「おはようございます。今日もよろしくお願いします」

玄関を入ったところで、楓はふたりに挨拶した。弓道会では礼儀を重んじるから、たとえ同年配でもタメ口で挨拶することは許されない。

「よろしくお願いします」

乙矢はいつもどおり笑顔で挨拶をした。

「えっと、初めて会うんだっけ？　僕は小野寺《おのでら》。よろしくお願いします」

「矢口楓です。よろしくお願いします」

楓も改めて挨拶を返した。

風が強く吹いて、樹々の葉が雨とともにハラハラと落ちてきた。道場の内側から外を見ると、横長の大きな長方形に景色が切り取られ、まるで絵画のようだ。黄褐色に染まった道場脇のケヤキの大木、黒い土、白と黒の的。小雨の降りしきるさまも、日本的な詩情を感じさせる。この景色が好きだ、と楓は思う。

楓が荷物を置いている間に、射を終えたふたりは矢取りに行った。戻ってくると、乙矢は弦を張っている楓の傍に来た。

妹の善美もミス・ムサニ（武蔵野西高校の略称）と言われるほどの美少女だが、兄の乙矢もアイドル顔負けの美形だ。目鼻立ちの整った顔は小さく、手足も長い。楓は乙矢にほのかなあこがれを抱いている。

「明日試合なんだって？」

「はい。それで久しぶりに練習に来ました。雨が降ると、学校では練習できないので」

「そっかー。最近は賢人も滅多に顔を出さないので、ちょっと寂しいよ。ジュニアクラスもなくなってしまったし」

少し前まで、楓たちは特別にジュニアクラスで練習をさせてもらっていた。しかし、楓と賢人は高校で弓道部の活動を始めたために足が遠のき、乙矢は大学に進学したのでジュニアクラスは卒業。ほかのメンバーも学校が忙しいのか来なくなっていた。この春の体験教室ではジュニアが誰も入らなかったこともあり、ジュニアクラスは自然消滅していた。

「なんか、申し訳ないです」

楓たちが弓道部を作ったことが、弓道会の在り方に影響している。なんとなくうしろめたさがある。

「だけど、楓たちは白井さんに見てもらっているんでしょ？　いいね」

白井康之もこの弓道会に所属しており、楓たちの高校で外部指導者をしている。

「はい。やっぱり白井さんのご指導はありがたいです」

そう答えたものの、複雑な想いがよぎる。昨日の白井の言葉が引っかかって、こうして練習に来たのだ。

「いい指導者につくのは大事だよ。ほんと、自分だけではなかなか悪いところに気づかない。それに、なにげないアドバイスが本質を突いたりするから、ひとことも聞き逃せない」

乙矢の口ぶりは実体験を踏まえた言い方だ。乙矢もきっとよい指導者に恵まれているのだろう、と楓は思った。

「乙矢くんの大学では、誰が教えてくれるんですか？」

楓の言葉を聞いて、乙矢は一瞬戸惑ったような顔をしたが、すぐに笑顔になった。

「僕、大学の弓道部は辞めたんだ」

「えっ、どうして？」

高校には弓道部がなかったので、大学に入ったら部活をやる、と乙矢は言っていた。乙矢の大学には、明治の頃から続いている由緒正しい弓道部があるはずだ。

「うーん、なんというか、大学弓道はやっぱり試合重視というか、中てることがいちばん大事なんだ。それもひとつのやり方だとは思うけど、僕が求めるものとは違った。それに、うちの大学は武射系《ぶしゃけい》だから、斜面《しゃめん》打ち起こしだしね。経験者は正面《しょうめん》打ち起こしでもいいんだけど、みんなと違うのはやりにくい」

弓道には礼射系《れいしゃけい》と武射系のふたつの流れがある。礼射系は儀礼や儀式的要素を踏まえて発展してきた。楓たちの所属する弓道会もそちらの系統だ。一方で、武射系は実戦で役立つことを重視してきた。大きな動作の違いは、弓構えから打ち起こしまでのやり方にある。礼射系は正面打ち起こし、武射系は斜面打ち起こしというやり方を採用している。

「そうなんだ」

楓はがっかりしたような心持ちになった。乙矢だったら、大学弓道の世界でも、きっと活躍できるだろう。大会でも上位になって、弓道雑誌で紹介されたりするかも、なんて勝手に想像していたのだ。

「弓道は大学じゃなくてもできる。僕は弓道を一生続けるつもりだから、長く関われる道を選んだ」

「それは、どういうこと？」

「弓道だけじゃなく、僕は流鏑馬《やぶさめ》をやりたい。だから、それができる流派の門人になったんだよ」

楓はハッとした。乙矢にとって流鏑馬は特別なものだ。亡き父親との哀しい思い出にまつわるもの。それをやるというのには、大きな覚悟が必要だったに違いない。

「何か？」

黙っている楓に、乙矢が聞き返した。

「いえ、まさか乙矢くんが流鏑馬をやるとは思わなくて」

「僕には無理だと思う？」

「そんなことない。乙矢くんならきっと上手にやれると思う。だけど……」

「だけど？」

「流鏑馬やる人って、もっと年長の人なのかと思っていた」

乙矢くんは流鏑馬には近づかない方がいいんじゃないか、と言い掛けたのを、楓は咄嗟《とっさ》にごまかした。乙矢は笑って言った。

「そんなことないよ。同じ流派には若い人も多いよ」

「流鏑馬をやっている流派ってどこ？」

乙矢は流派の名前を挙げた。弓道の礼射系では最も有名で歴史ある流派なので、楓でもその名前は知っていた。

「いまはスポーツ流鏑馬みたいに気軽に始める方法もあるけど、僕は昔からのしきたりを受け継いでいきたい。だから、そういう流派を選んだ」

「乙矢くんらしいね」

「国枝《くにえだ》さんに紹介してもらった。国枝さんも、そこに所属しているんだ」

国枝達樹《たつき》は、楓たちの所属する弓道会の中でも最古参のひとり、騎射の達人でもある。国枝は乙矢の父と同門だったはずだから、乙矢の父も同じ流派だったのだろう。

「流鏑馬の練習って、馬に乗ったりするの？」

「いや、僕の所属している流派では、馬に乗って練習するのは流鏑馬の本番前くらい。馬の稽古が多いと馬の扱いには慣れるけど、木馬で稽古をしている型が崩れやすくなるしね。そもそも練習拠点も東京の住宅地にあるから、馬で練習するのは難しいよ」

「東京の住宅地？」

乙矢が挙げた場所は、東京の西の方にあり、楓たちのいるところからもそんなに遠くない。

「へえ、案外近いんだね。いっぺん見てみたいな」

「ああ、いつでもいいよ。試合が終わった後にでも、見に来たら？」

「えっ、ほんとに見られるの？」

「うん、ちゃんと事前に申請すれば、見学はできる。善美も一度見たいと言ってたから、一緒に来るといいよ。日にちが決まったら連絡くれれば、僕の方で話を通しておく」

乙矢は微笑みながら言う。それを見て、楓は乙矢が変わったという気がした。以前よりおとなになったような、何かをふっ切ったような笑顔だ。

その笑顔はまぶしくて、なぜかちょっと寂しい。自分の知らない世界に乙矢が足を踏み込んだ、という気がするからだろうか。

「ありがとう。じゃあ、試合が終わったらぜひ。あ、そうだ」

楓はふと感じた切なさを払いのけるように、話題を変えた。

「うちの学校、来週学園祭があるの知ってる？」

「ああ、善美が言ってたね」

「乙矢くんも見に来ない？　うちの部もデモンストレーションをやるんだ」

「へえ、そうなんだ。屋上の弓道場でやるの？」

「うん。いつもの練習風景を公開するんだ。うちの部、まだ学校でもあまり存在を知られてないからこの際アピールしようと思って。それに、学校見学に来る子たちにも弓道部のことを宣伝したいし」

「それはいいアイデアだね。希望者は体験もできるの？」

「うん。未経験者は巻藁だけど、経験者には的前で引いてもらってもいいかな。屋上だとどれくらい見学に来てくれるかが、ちょっと心配だけど」

「じゃあ、僕も引きに行くよ」

「ほんとに？　嬉しい。ありがとう」

「乙矢くん、次入る？」

小野寺が射場に立って、乙矢を誘う。

「はい、少し待ってください」

乙矢は矢を矢立てに置くと、脱いでいたカケを取り上げて、急いで手に着ける。

「じゃあ、私、矢を用意してきます」

楓も会話を切り上げ、矢筒の置いてある和室に向かった。

乙矢たちは射場に立ち、練習を始める。楓は和室から乙矢の射を見守る。乙矢は落ち着いた様子で、ゆっくり弓を引き絞った。次の瞬間、小雨の中の空気を震わすように、弦音が響き渡っていた。

3

そしていよいよ試合の日だ。前日の男子は、賢人とカズが二中。五中すれば決勝進出も可能だったので、あと一射中れば、と賢人は悔しがっていた。一中もできなかった薄井は責任を感じて、落ち込んでいるらしい。

だけど、前回に比べれば四中は前進だ。それに、的中は時の運だから、落ち込むことなんかないのに、と楓は思う。

今回の試合会場も、前回と同じ東京武道館だ。会場の様子も道順もわかっているし、少し落ち着いていられる。忘れ物もなく、無事受付で手続きをすると、楓たちは巻藁の練習に向かった。射場の奥に巻藁の練習場があるのだ。練習場は思ったより狭く、奥行きは巻藁の練習をするだけの距離しかない。だが横は広く、八つほどの巻藁が距離を置いて並んでいる。まさに、巻藁練習のためのスペースだ。列の最後尾に並んで待っていると、奥からハチマキを付けた背の高い女子が歩いて来た。西山大付属の神崎瑠衣だ。楓は自分の方から声を掛ける。

「神崎さん！」

名前を呼ばれて、神崎は目を上げてこちらを見た。

「あ、武蔵野西の」

「矢口楓です。この前の大会の結果、聞きました。三位だったんですね。おめでとうございます」

「ありがとうございます」

神崎はそれほど嬉しそうな様子もなく答えた。

「今日は何時から試合？」

「今日はもう終わったんです。いまは、下級生の様子を見に来たの」

「そうだったんですね。今回の結果は？」

「うちのチームは八中」

「わ、凄い！」

「うちはまあ、決勝に残れそうだけど、期待していたBチームが六中しかできなくて。うちの部としては三チーム決勝に進むのを目標にしていたんだけど、達成できるか微妙になってきた」

同じ部長でも、神崎の方はほかのチームメイトのことも考えて行動している。さすがだ。自分は自分のことで精いっぱいだ、と楓は思う。

「三チーム決勝進出が目標って、凄いですね。私たちは一チームしかないけど、決勝に行けるかわからないし」

「そう言えば、そちらの学校の射は、まだ見たことなかったですね。出場は何時頃？」

「えっと、一一時に集合が掛かっています」

「じゃあ、うちのDチームと同じ時間帯かな。もし、そうだったら、そちらの試合の様子も見学させてもらいますね」

そう言って、神崎は後ろにいたカンナと善美に目礼すると、室外へと出て行った。

「神崎さんたちのチーム、今回は優勝候補に名前が挙がっていますね」

神崎を遠巻きに見ていたカンナが、感嘆交じりの口調で言う。

「ああ、やっぱり？　前回凄かったもんね」

「それだけじゃなく、神崎さんは九月の関東大会に出て、個人の部で準優勝してるんです。一二月の全国大会にも出場するんですよ」

「ああ、そうなんだ。関係ないからチェックしてなかった」

神崎は既に全国レベルの選手になっている。数ヵ月前に会った時には、ふつうの選手だったのに。

「いいなあ、私もいつか個人戦で関東大会に出たいなあ」

「カンナは一年だし、可能性はあるよ」

「そんな、他人事みたいに言わないでくださいよ。私たち、みんなで全国目指しましょうよ」

「う、うん。そうだね」

楓には、カンナの前向きさがうらやましい。全国大会に行きたいとは思うが、「目指す」とまで力強く言える自信はない。それに高二の楓には、残された時間はあと一年もないのだ。受験があるから、来年のこの大会には出ることはないだろう。

「ほら、右端の巻藁、空いたよ。カンナ行きなよ」

楓はそう促して、会話を打ち切った。カンナは素直に巻藁の前に移動し、ゆっくりと練習を始めた。


「さあ、入場してください」

係員の先生に指示され、五組のチームが順番に射場へと入場して行く。今回は前から三組目。目の前に審査員がいる訳ではないので、楓には前回ほど緊張感はない。前より練習しているという自負があるからかもしれない。ドキドキしているが、冷や汗が出るほどではない。深呼吸をして、出番を待った。

前のグループ全員の射が終わり、退場すると、いよいよ楓たちの番だ。

巻藁での練習もいい感じだったし、今日は大丈夫。

ゆったりと構える。自分のペースでと念じるが、楓が大三に入ろうとした時には、前や後ろで弦音が聞こえる。五組一斉に引くので、慌ただしい。楓は深く息を吸った。

『矢口さんは、とにかく左右ちゃんと引き切って。そうすれば矢は落ちないと思います』

白井に言われたことを思い出す。

そう、ちゃんと最後まで引き切ることだ。

スパン！

いい音がした。的中だ。残身《ざんしん》を取りながら、的の下方に矢が刺さっているのを確認する。

よし。

動作を止めて周りの様子を見ることは許されないので、ただちに次の構えに入る。

だが、耳を澄ませているので、弦音や的中音から、自分のチームの様子はなんとなくわかる。

えっと、たぶんカンナは一射目は外した。善美は綺麗に的中している。

確認したわけではないが、そう予測する。的に中るいい音が、すぐ後ろから聞こえたのだ。あれは善美の射なのだろう。

自分のチームだけではない、前からも後ろからも次々的中音は響いている。その音が、早くやれ、と急かしているようにも思える。

音を気にしていると、自分のペースを乱しそう。

ダメダメ、落ち着いて、自分の射をするんだ。

二巡目は楓、カンナともに外し、善美は的中。三巡目では楓は外したが、カンナが的中した。

えっと、いまのところ四中のはず。善美はおそらくあと一中はできるだろうから、なんとか自分が一中すれば、決勝に進めるかも。当落ラインはおそらく六中。

そんなことを考えながら四射目の構えに入ると、後方で的中音がした。

よし、善美が中てた。私も頑張ろう。

そうして、思い切って引き切り、矢はみごとに真ん中に中った。

やった。二中だ。

看的表示板を確認すると、○が二つ付いている。笑みがこぼれそうになるのを懸命にこらえ、射場から退出しようとした。すると、後方にいた審査員に呼び止められる。

「四射目、落ちが引く前に引いてしまったね。残念ながら、失格だ」

「えっ？　ほんとうですか？」

にわかには信じがたい気持ちだった。

弓道では、自分の前の射手より先に動いてはいけない、という決まりがある。楓の四射目は、落ちの善美の三射目が引き終わるより先に引いてしまった、ということだ。ほかの射手の弦音を、善美のものと勘違いしてしまったのだ。

審査員はマイクを取ると、看的所に向かって言う。

『武蔵野西校の大前の四射目は追い越し発射なので、的中になりません』

その声が無情に響き渡り、看的表示板は○から×へと変わった。

呆然《ぼうぜん》としている楓を、別の係員が「大前はこちらへ」と誘導する。的中数を係員と共に確認するのも、大前の役目だったことを楓は思い出す。

安土前に出た係員が、それぞれの的に中った矢の数を数え、それを持っていた板で表示する。

武蔵野西校は一、一、三と示された。楓の傍にいた係員は、了解というように片手を上げる。そして、改めて楓に告げる。

「武蔵野西高校は、大前一中、中一中、落ちが三中、合計五中です」

「ありがとうございます」

楓は型どおりの挨拶をして射場を出た。そこで、カンナと善美が待ち構えていた。

「ごめんなさい。私、善美の音だと勘違いして、それで」

楓は泣きたい気持ちだ。なんで聞き間違えたんだろう。部長なのに、みすみすチャンスをつぶしてしまった。

ほんとうに情けない。一年生のカンナと同じで一中しかできなかった。そこへ田野倉先生がやって来た。

「惜しかったな。これは試合馴れしていないことがモロに出たってことだ」

「試合馴れ？」

「おまえら、ほとんど屋上で、自分たちだけでしか練習してこなかっただろ？　だけど、試合会場ではそうはいかない。多くのチームが一斉に集まるから、予想外のことが起こる。自分のチームの弦音か、そうでないか、ちゃんと聞き分けるのもテクニックだ。試合馴れしていたり、先輩からアクシデントについて注意されているチームなら、対策は立てられる。だが、うちはまだ自分自身のことだけで精一杯。そうだろ？」

「はい」

「だからまあ、今回は仕方ない。三射目で善美の取り掛けが上手くいかず、少し手間取ったことも不運だった。だけど、二回目にしては大健闘だ。誇ってもいいぞ」

そう慰められても、楓のこころは晴れない。自分がちゃんと聞き分けていれば、最後の射は中っていたし、六中だから決勝へ進める可能性もあった。

自分がミスをしなければ。

楓は泣きそうだった。

「悔しいか。だったら、次の試合を頑張れ。終わってしまった射はやり直せない。だけど、次のチャンスはまだある」

田野倉はそう言って、楓の肩を叩く。

「はい」

と楓は答えるが、顔を上げることができない。

「今日はよく頑張った。もう気を付けて帰りなさい」

それだけ言うと、田野倉は戻って行った。

言われた通りに控室に戻って荷物の整理をしていると、神崎瑠衣が楓たちの方に近づいて来た。彼女は観客席で見ていたらしい。

「残念だったね」

そう言われても、何と答えたらいいのか、楓にはわからない。

「だけど、同情はしないよ。追い越し発射に動揺して外すのは、集中力の問題だから」

それは自分に言ってるのではない、と楓は気がついた。神崎の視線は、まっすぐ善美を見ている。

「別に同情してほしいとは思わない。皆中を狙っていたわけでもない」

善美の言うのを聞いて、楓はやっと理解した。

善美は楓の追い越し発射に気づいて集中力が乱れ、三射目を外したのだ。もし、それがなければ皆中したのかもしれない。神崎が言う「残念だった」というのは、そのことなのだ。追い越し発射ではなく。

「運不運も実力のうち。今回はまだ運を呼び込むほどの実力がなかったんだと思う。次に会う時には、運も味方につけるくらいの実力を見せてね。期待している」

それだけ言うと、神崎は去って行った。

楓とカンナはぽかんとしてその背中を見送った。善美はまったく気にならないようで、弓巻を弓に巻き付けている。

「どういうこと？　私たちを励ましたってこと？」

「というより、善美先輩ですよね。もっと実力つけて、次の大会には来いってことじゃないですか？」

「つまり、善美にエールを送ってる？」

「というか、ライバル宣言じゃないですか？」

カンナの声が高くなった。顔がにやけている。

「すごい、あの神崎さんに、善美先輩は認められたんですね。じゃなきゃ、わざわざあんなこと、言ったりしませんよ」

カンナに言われても、善美は表情ひとつ変えず、弓巻を弓に巻き付ける作業を続けている。

「いいなあ。私も神崎さんにライバルと思われたい」

カンナは、夢見るようなうっとりとした表情を浮かべている。カンナの言うことは、たぶん当たっている。神崎さんは私の事は眼中にない。善美の射を見て、自分のライバルになり得る存在だと認めたのだ。

「それはいいけど、早く片付けましょう。次々選手が来るから」

楓はそう促して、カンナを作業に導く。これ以上、神崎を褒める話を聞きたくなかったのだ。楓は弓張板に自分の弓を当てて、弦を外す作業を始めた。

4

翌日、楓はいつもより三〇分早く家を出た。早く行って、練習をしたかったのだ。学校に着くと更衣室で着替えて、屋上に向かった。踊り場に置いてある畳を屋上の方に運ぶ。いつもはみんなで運ぶから気にならないが、ひとりでやろうとするとかなり重い。畳を引きずるようにして動かしていると、ふいに軽くなった。振り返るとカズが畳の後ろ側を持っている。

「おはよう。早いね」

「カズも」

それ以上は言わなかった。自分同様、カズも週末の試合の結果が悔しくて、たくさん練習しようと思ったのだろう。黙々と働いてふたりで的のセッティングをすると、すぐに練習を始めた。

的は三つ。楓とカズはそれぞれ別の的で練習しているので、四射ごとに矢取りに行く以外は休むことはない。

二〇射ほど引いたところで、楓はちょっと休んでカズの射を見る。

カズの射は力強い。中学まで柔道をやっていたので、体ががっちりしている。部室にあったいちばん強い一二キロの弓を使って引いているが、やすやすと引き切っている。

「カズ、もっと強い弓でも大丈夫じゃない？」

「うん、この前白井さんにも言われた。近いうちに、弓を買いに行こうと思っている」

「いいなあ。弓道は力勝負じゃないって言っても、強い弓で引くと矢の飛び方が違うもんね。軌道もまっすぐだし、スピードも速い。カズは体幹も強そうだもんね。やっぱり私も体幹鍛えた方がいいのかなあ」

「体幹？　そりゃ鍛えるに越したことはないけど。どうして？」

「この前、自分の射を録画して気づいたんだけど、私、離れの後、身体が少し揺れるんだ。これって、体幹が弱いってことでしょ？」

「うーん、そうとも言えないと思うけど」

カズは小首を傾げた。

「どういうこと？」

「弓道って、上半身は無駄な力を抜いて、下半身をしっかり保つ。それで左右にまっすぐ引き分けられたら、矢はまっすぐ飛ぶ。すごいシンプルな競技だと思う」

「だから、左右に引き分けるためには体幹の力が必要でしょ？」

「それはそうだけど、俺は柔道やっていたから軸とか体軸とか言うけど、それがまっすぐになっていると、バランスが取れて、技を掛けられても崩れない。俺の先生は軸を意識しろ、ってよく言ってたよ」

「それが、弓道と関係あるの？」

カズの話はまどろっこしい。楓には話が見えない。

「弓道では縦線って言うだろ？　それを聞いた時、ああ、これは軸ってことだな、と思った。丹田を意識して軸をまっすぐ、っていうのは、ほかの武道にも通じるものがある。それがちゃんとできていると、無駄な力がいらないし、パフォーマンスの質も上がる。弓道でも、軸を中心に均等に引き分けていたら、身体は揺れたりしないはずだ」

「縦線って、姿勢をまっすぐってことでしょ」

カズの言うのは建前のような気がして、楓にはぴんと来ない。

「それはそうだけど、いわゆる『気をつけ』の姿勢とは違うんだ。胸を張ったり、肩に力が入っていたらダメ。要は、頭のてっぺんから背骨、さらに地面まで一本の軸が通っているという感覚。そういう姿勢をとった上で、丹田に意識を置いて、上半身の力が抜けている。それを自然体って言うんだそうだ」

「うーん、よくわからない」

「俺もなかなかうまくできないけど、理屈で言えばそういうこと」

「理屈かあ。それが実行できれば苦労しないよね」

確かに、弓道会の上段者はそんな感じがする。いつも自然体で、射も美しい。だけど上段者だからきっとできるのだ。

「そうでもないよ。いいお手本があるだろう？」

「お手本？」

「善美だよ。自然体が身に着いている。下半身が安定していて、弓を引いていても、上半身に無駄な力が入ってないって感じがする。あれはすごいって思う。善美って、もともと何か武道をやってたのかな？」

「武道は知らないけど、日本舞踊をやっていたみたい。高校に入るまで一〇年くらいやっていたんだって」

「ああ、やっぱりそうだ」

カズは納得したような声を出した。

「どういうこと？　日本舞踊が弓道に関係あるの？」

「ふたつとも昔から日本にあったものだし、おそらく歩き方とか重心の置き方とか共通する部分はいっぱいあるよ。ゆっくり動いて決めの姿勢を取るから、足腰も鍛えられる。でも、それ以前に舞踏とかバレエって人に見せるものだから、正しく身体を動かすことを訓練される。自分の身体がいまどんなふうに動いているか、ということに敏感になる。だから、中心線がぶれないとか、両腕を左右均等に開くってことも、当たり前にできるんじゃないか」

「そっかー。それで善美は上手いんだ」

カズの説明は腑に落ちた。弓道を始めた時から、善美は上手だった。日本舞踊の下地があったからと言われれば、納得できる。

「でもまあ、そんなやつ少ないし、中学でちょっと運動部経験がある程度がふつうだから、気にすることはないよ。楓だって、中学はテニス部だったんだろ？」

「まあ、そうだけど。あんまり役には立ってない」

「わかんないよ。気づかないところで、テニスやってたことが役に立ってるかもしれない」

カズが説明していると、後ろから声がした。

「おまえら、早いな。もう練習始めてるのか」

賢人だった。その後ろにカンナと薄井の姿も見える。

「すみません、遅くなりましたぁ」

「遅くないよ。俺らが早く来てただけ」

楓はカズの話をもっと聞きたいと思ったが、みんなが来たのでそれ以上は続けられなかった。もやもやしたものを抱えたまま、朝の練習が始まった。みんなはにぎやかに、昨日の試合の話をしていたが、楓はそんな気持ちにはなれないまま、練習をしていた。


その日の夕方、部活を終えて楓が家に帰ると、弟の大翔がリビングのテレビでフィットネスのゲームをしていた。ヘッドフォンをした状態で、画面を見ながら足を上げたり、腕を振ったりしている。

楓はぼんやりと弟の姿を見ていた。まもなくゲームが終わり、はめていたヘッドフォンを外すと、大翔は初めて楓に気がついたようだ。

「なに？　これやりたいの？」

大翔はゲーム機を指差す。

「そういうわけじゃないけどさー」

「じゃあ、なんでこっち見てるんだよ」

「前に大翔が言ってたことが気になって」

「俺、なんか言ったっけ？」

「中心軸の話」

「ああ、そんな話したねぇ」

「それで、私がちゃんと中心軸をまっすぐにして立っているか、見てほしいの」

楓が真剣なことが伝わったのか、大翔は茶化さず「いいよ」と、素直に言った。

「じゃあ、そこに立ってよ」

「ちょっと待って」

楓は自分の部屋に行き、置いてあったゴム弓を取ると、またリビングに戻った。

そうして、大翔と壁の間に気をつけの姿勢で立つ。大翔は楓の横に回り込む。

「やっぱり姉ちゃんは猫背のクセはあるな」

言われて、楓は胸を張った。

「それじゃ、胸を張りすぎ。肩に力も入ってる」

「こう？」

楓は少し力を抜いた。

「うん、さっきよりいい。で、顔の位置を少し後ろに」

「なんか、落ち着かない」

いつもやっている『気をつけ』の姿勢と違うので、なんとなく不自然な感じがする。

「だけど、耳の位置が前に来すぎていると、中心線が通ってることにはならないよ」

「わかった。じゃあ、次はこれで弓道の構えをやるから、中心線がまっすぐなままか、ちょっと見てて」

楓は持っていたゴム弓を取り出した。ゴム弓は二〇センチほどの長さの木材に、太いゴムがわっか状に付いているものだ。木材の部分は弓の握り革の部分を模しており、握った感じも実物に近い。右手はゴムの輪になっている方を引っ張るだけだが、ゴムが太いので意外と力がいる。弓道の型の練習のために使われる道具だ。

楓はゴム弓を両手に持ち、両足を開き、弓を掲げる時と同じ姿勢でゴム弓を掲げた。そして、大三つまり弓を的に向かって押し開いた時の姿勢を取ろうとする。

「待って」

大翔が楓の動きを止めた。

「もうこの段階で身体が斜めになってる。左肩が前にいってる」

「えっ、そう？」

大翔は楓の左肩を少し後ろに引いた。

「これがまっすぐな姿勢。こっちの方が正しい」

「う、うん。わかった」

楓は縦線を意識しながら、ゴム弓をゆっくりと左右に引き分ける。するとまた大翔が止める。

「左手上がってる。中心軸もそれでちょっと曲がってる」

大翔は楓の左の手首を握って、少し下げる。前に白井に直されたのと同じだ、と楓は思った。自分の身体にはそういう癖があるのかもしれない。

「これが正しい姿勢。それに、やっぱり上半身に力が入りすぎている」

「だって、力入れないと引き分けられないじゃない。力入れないなんて無理だよ」

ゴム弓と言えど、引くには力がいるのに。

「それはどうかな。テニスだって、ラケットのスイートスポットにボールを当ててそのまま素直に振り切ったら、力入れなくても飛んでいくだろ？　というか、変に力入っていたら、ボールは飛ばないいんじゃない？」

「それは確かに」

中学時代テニス部だったので、テニスを例に出されると楓にもわかりやすい。そういう状態の時は、いいストロークができる。

相手のサーブを待ってかまえている時は、確かに上半身には力を入れず、左右どちらへも動けるように膝を少しゆるめている。そうして打つ時も、ラケットをボールに当てて、そのまま素直に振り切る。

集中しているけど、力みすぎず、ゆるみすぎない。あの感覚か。

「それと同じで、サッカーでもなんでも身体に無駄な力が入っていたら、うまく動かない。弓道もたぶん同じ。まずは姿勢がちゃんとしてないから、変な力が入るんじゃない？」

「そうかあ……」

「ただいま。あら、何やってるの？」

母が買い物袋を提げて帰って来た。荷物をテーブルの上に置きながら、ふたりに尋ねる。

「姉ちゃんの弓のフォームを見てやってるところ。中心軸が取れてるかわからない、って言うからさ」

「中心軸？　ああ、弓道でも中心軸って考えがあるのね」

「えっ、おかあさん、中心軸ってわかるの？」

楓はびっくりした。普段の生活ではあまり聞かない言葉だし、特にスポーツウーマンでもない母が知っているとは思わなかったのだ。

「うん、太極拳ではよく言われるから」

母は毎週土曜日に、近くのスポーツクラブに太極拳を習いに行っている。運動不足解消のためにはじめて、そろそろ半年になる。さほど運動好きでもないのに続いているのは、太極拳をやると体調がよくなるからだそうだ。

「太極拳って片足でバランスを取るようなポーズも多いんだけど、そういう時、『中心軸を意識して』って良く言われる。そうすると、ぐらつかないから」

「そうなんだ。でも、中心軸を取るって難しくない？」

「そうでもないよ。インストラクターには、天から糸が出て後頭部を吊るされているってイメージしなさい、って言われる。足からは地面のエネルギーを吸い上げる感じでってて。その通りにやると、ちゃんとできている感じ」

「天から吊るされるかあ。太極拳っぽいね」

「うん、太極拳の考え方って独特だからね。自分の中心軸はまっすぐ上に伸びて天と繋がり、下の方に下ろすと地球の真ん中に繋がっている。そうして、身体は天と地と繋がっている、その中心に丹田がある、ってインストラクターには言われる」

「ふうん、変わってるね」

母は薬剤師だ。いつもは理系的な、合理的な考え方をよしとする。身体が天と地と繋がるなんて非現実的な、ロマンチックな考え方を受け入れるとは思わなかった。

「でも、そういう考え方も悪くないでしょ。どうやったらいいかわからないなら、後頭部を天に吊るされているってイメージしてみたら？」

「うーん、こうかな」

楓は手にゴム弓を持ったまま両足を開き、後頭部が吊るされるようなイメージで背筋を伸ばす。その軸は身体をまっすぐ下に貫《つらぬ》いて、地面へと下りていく。同時に足からも地面のエネルギーと繋がっている、とイメージする。そのうえで、意識は丹田に。

「うん、それでいいよ。できてるじゃない」

「ほんとに？　イメージだけで変わった？」

大翔に褒められても、楓は半身半疑だ。そんなことくらいで姿勢が変わるというのは、信じられない。

「イメージトレーニングが重要なことは、スポーツ界では常識。いいプレイをイメージし、それを自分の身体でどれだけ忠実に再現できるかってことが大事なんだ。ただやみくもに練習してもダメなんだよ。姉ちゃん、いまの姿勢は無駄な力が抜けて、背筋がまっすぐになっている。それでいて足はしっかり踏みしめている」

「上虚下実《じょうきょかじつ》ってことね」

母がまた知らない言葉を出してきた。普段の生活では聞いたことがない。

「上虚下実って何？」

「上半身はゆったりと脱力して、下半身は肚《はら》を中心に、どっしり安定している状態ってこと。気が上がらないように肚に気を落とす。そうしていると、少々のことでは動揺しない、カッとならない、常に平常心でいられるそうよ。そういう人のことを、昔の人は肝が据わっている、って言ってたんだって。私も、太極拳の先生に教えてもらったんだけどね」

母が言うと、大翔も語る。

「上虚下実って言葉は知らなかったけど、スポーツではそれが理想の状態。テニスで構えている時も、そうじゃないの？」

「ああ、確かに。上半身は力を抜いた方が、すぐに次の動作に移れる。腰を落とし、足を少し曲げて、ボールがどこに飛んでも走れるようにする、それも上虚下実ってことかな」

楓なりに解釈して、自分の体験を言葉と結び付けようとしてみる。完全に脱力するのではなく、適度な緊張を保って、すぐ次の動作に移れるような体勢だ。

「弓道では丹田に意識を置いて、肛門を締めるとも言われた。だけど、両腕を上げると、どうしても肩は上がるんだけど」

「それはまあ、練習じゃないかな。肩甲骨とか背筋の使い方が下手《へた》なんだ。丹田も、意識的に注意を向けなきゃいけないと思う」

大翔がもっともらしく解説するのが、なんとなく楓には面白くない。

「ところで、気が上がるって、どういうこと？　肚に気を落とすとも言ったけど、そもそも気って何？」

楓の質問に、母はびっくりしたような顔になった。

「えっと、なんて説明したらいいかな。気が上がるっていうのはのぼせるってことだけど、肚に気を落とすっていうのは、なんと言ったらいいかな。日本でも昔から気って言葉はよく使うよね。気が重いとか、気になるとか、気を失うとか」

「うん、確かに」

「そういう時の気って、なんだと思っていた？」

「えっと、気持ち……とか？　あ、気を失うは意識ってことか」

「日本語の気って、いろんな意味があるよ。気持ちや意識もそうだけど、大気の意味もあるし」

「大気？　えっと、気象とか気圧は、そうなるね」

「だけど、この場合の『気』っていうのは、自然界に存在する、目に見えないエネルギーのことを言うの。東洋思想的な考えでは、人だけじゃなく、動物も植物もみんな気を放っているんだって」

母は自分でもよくわかっていないような顔をしながら説明している。

「目に見えないエネルギー？」

「中国では、気は見えないけど、身体の中を流れていて、よい気を身体に循環させると人は元気になる、と考えられているそうよ。気は自分の意志で動かせるので、頭に上った気を丹田に収めることもできるんだって」

「目に見えないのに、どうやってわかるの？」

「たいていの人は、なんとなく感じるってだけ。私も、太極拳の教室で『気を練る』って訓練をやってるんだけど、よくはわからない。気の達人と言われるような人は自分の掌《てのひら》から気を出して、治療に使ったりできるんだそうだけど」

「治療？」

「気功治療って言って、気の流れをよくして身体の不調を治すの。気が滞《とどこお》ることが、病気の原因だって考え方だから」

「へえ、なんか超能力みたい」

気というのは、血流とかリンパの流れとかに関係しているものだろうか。それを人為的に動かすなんて、可能なんだろうか。楓は半信半疑だ。

「うん、ほんとに効くのかどうか、私も一度試してみたい、と思ってるんだけどね。だけど、言葉の上では、元気の気も病気の気も、元はこっちの気の意味だと思う」

「あ、そういうことだったんだね。いままで考えたことなかった。面白い」

語源までさかのぼって考えると、それまで知っていたつもりの言葉が違って思える。病気が病んだ気という意味だとしたら、元気はどういうことだろう。病んだ気が元に戻った状態っていうことなのだろうか。

「なので、肚に気を落とすっていうのは、自分の内部にあるエネルギーを丹田に集めるってことだと思う」

「なんか、難しそうだね」

「だけど、昔の日本人はふつうにできていたみたいよ。肚が据わってるっていう褒め言葉があったんだから」

気とか肚とか考えると、ただ姿勢の良し悪しという問題ではない気がしてくる。それで、自分の日常のふるまいまで変わってくるものなのだろうか。

自分の姿勢が、自分自身の精神にまで影響してくる、ということなのだろうか。それまで考えたことがなかったような何かに触れた気がして、楓は黙り込んだ。

「なんか、変な話になったね。姉ちゃんの姿勢の話をしてたんだよね？」

しばらく黙っていた大翔が、焦れたように言う。

「そうか、ごめん、ごめん。気を肚に落とすって話から、脱線しちゃったね」

母は大翔に謝った。

「じゃあ、姉ちゃんもそういう事でいいかな。俺、ゲームやりたいんだけど」

「う、うん。ありがとう」

まだ、楓の中でうまく整理ができていない。何か、大きな気づきがありそうな気がするが、もやもやとしてまとまらない。

「でもまあ、姿勢を正しくするのはいいことよ。弓道の時だけじゃなく、日常的に気をつけた方がいいわね。楓はすぐ猫背になるから、みっともないし。背筋がぴっと伸びていた方が、見た目も美しいよ」

母のこの言葉は余計だ、と思った。母はすぐ話を説教に持って行きたがる。

「わかったよ。ちゃんと姿勢が取れるように、気をつけるよ」

これ以上話をしても無駄な気がして、楓は話を打ち切るようにそう言った。

「うん、まあ、頑張って」

大翔はそれだけ言うと、ゲームをまた始めた。今度はロールプレイングゲームだ。母もそれ以上は言わず、買い物袋を持ってキッチンの方に向かう。

残された楓は、鏡の前でゴム弓を引き始めた。丹田に気を置く、という言葉の意味を考えながら。

5

学園祭の朝は、学校中が浮き立っている。スタートは朝の九時からだが、それよりずっと早く学校に来て、みんな準備に駆け回っている。

教室の扉に飾り付けをする者、いまさらポスターを貼ろうとして場所を探す者、廊下の真ん中に模造紙を広げてメニューを書く者、足りない具材の買い出しに出る者、ふたりがかりで張りぼての巨大なロボットを持って移動する者。てんやわんやの大騒ぎだ。

この時間はいつもならほかの運動部の掛け声が聞こえてくるぐらいだが、今日はにぎやかな話し声に交じって、軽音部の鳴らすギターの音や、演劇部の発声練習の声が屋上にまで聞こえてくる。

楓たちは通常運転だった。事前に準備したことは、学園祭のパンフレットに出し物の内容を寄稿したこと（これが学園祭参加の条件だった）と、ポスターを作って廊下や階段に貼ったこと、弓道場への案内板を設置したことくらいだ。学園祭当日もいつも通りの時間に学校に来て、弓道着に着替えて朝練をする。いつもと違うのは、その姿のままで教室に戻り、開会式に参加したこと。それが終わるとまた屋上に戻り、弓を引く。それぞれの出し物に合わせて着替えをするクラスや部もあるが、弓道部は弓道着自体が衣装のようなものだ。

学園祭で活動内容を紹介する部はほかにもある。天文部や科学部、美術部や漫研など、主に文化部は日頃の活動内容を教室に展示している。合唱部や軽音部や演劇部は講堂で日頃の成果を発表する。そのための展示物の制作や練習には、何週間も掛けている。自分たちがいちばんお手軽な内容だろう、と楓は思う。それでも、学校中の浮き立った気分が伝染して、楽しい気持ちが浮かんでくる。みんなの表情もなごやかだ。

『まもなく九時になります。第五五回武蔵野西校学園祭がスタートします。今年のテーマは「愛と地球とパッション」です。みなさん準備はいいですか？』

やけにハイテンションな放送部の声が聞こえて来た。

「じゃあ、いったん練習止め」

楓はみんなに声を掛ける。

「打ち合わせ通り、誘導ひとり、巻藁の体験希望者の対応がふたり、デモンストレーションがふたり、その紹介がひとり。三〇分ごとに役割を交替しよう」

「了解」

各自持ち場に散る。いまの時間帯は、誘導役は薄井、巻藁対応はカンナとカズ、デモンストレーションは賢人と善美、その紹介が楓になっている。ずっと弓を引き続けるのは疲れるので、三〇分経ったら、持ち場を交替する。

正直屋上までわざわざ弓道を見に来てくれる人が、どれくらいいるかはわからない。ポスターは学校中に貼ってみたが、いまの時期、校内はポスターだらけだ。デモンストレーションをやってることさえ気づかれないかもしれない。

「じゃあ、誰か来るまで練習やっててもいい？」

射場にいる賢人が楓に尋ねる。

「いいよー」

楓が返事をすると、賢人と善美が執弓《とりゆみ》の姿勢で立つ。同時に一歩前に出て揖《ゆう》（お辞儀）をすると、射を始める。

楓がぼんやり眺めていると、「ここだ」と入口で声がした。早くも見学希望者が現れたようだ。

「いらっしゃいませ」

咄嗟に楓は言う。現れたのは、同じ学校の男子生徒三人組だ。

「あ、やってる、ラッキー」

生徒たちが射場の方に近寄ろうとするので、楓は注意をする。

「危険ですので、ラインの内側でご覧ください」

あらかじめ、射手の後ろに見学者用のラインを引いた。これは用務主事の雨宮《あまみや》さんに頼んでやってもらった。雨宮さんはかつてこの高校にあった弓道部にいたこともあり、なにかと協力的だ。

「ラインって、ああ、これか」

「ところで、動画を撮ってもいい？」

生徒のひとりが、右手のスマートフォンを楓に見せながら質問する。

「申し訳ございません。撮影は禁止しています」

「なんだ。残念」

文句を言いながらも、男子生徒は素直にスマホをしまう。そして、ラインぎりぎりのところに三人並ぶ。見学は射手の後方から見る形になる。彼らは制服が汚れるのもかまわず、地面に座り込んだ。

「いまからデモンストレーションを始めます。前が真田、後は高坂が務めます。選手、開始してください」

用意した台本を見ながら、楓が説明する。

「まず執弓の姿勢を取ります。これが弓道の基本の姿勢です。それから、足踏《あしぶ》み、そして胴造《どうづく》り。この時の姿勢がとても大事です」

楓は一生懸命説明するが、誰も聞いていないようだ。隣と何かしゃべりながら、射場の方をながめている。

射手のふたりは、見学者に目もくれず、淡々と動作を続ける。打ち起こし、引《ひ》き分《わ》け、会《かい》。善美がみごとに真ん中を射抜くと、見学者たちは一斉に拍手をした。

「善美ちゃん、カッコいい！」

ひとりの掛け声を聞いて、楓は気がついた。彼らは善美を見に来たのだ。ミス武蔵野西校とひそかに評判がある美少女。その弓道着姿は男心をくすぐるのだろう。

なんだ、彼らは弓道そのものに興味があるんじゃないんだ。

彼らは善美の一挙手一投足に反応する。中ったといっては喜び、外れたといっては残念がる。矢取りに行く時は「早く」と急かし、体配を見て「カッコいい」と叫ぶ。

まるでアイドルの親衛隊だ。その親衛隊は時間が経つとさらに増え、善美のデモンストレーションが終わる頃には一〇人ほどになっていた。善美の番が終わると、もう見たいものは見たとばかり、足早に帰って行く。「巻藁体験してみませんか」という誘いも耳に入らないようだ。

その後も見学者の数は、善美が出る時と出ない時で変わる。出ていない時は二、三人いるかいないかだ。むしろ、出ない時にいる人の方が純粋に弓道部に興味があるような気がして、楓には好ましく思える。なかには学校見学の中学生もいるので、そういう子たちには特に丁寧に説明した。

お昼に一時間休憩を挟んだ。部員が少ないので、全員が会場に張り付いていなければならない。学園祭を全然見ないのではつまらないので、休憩を入れることにしたのだ。人が途切れたところで『お昼休憩中。一三時半に再開します』と紙に書き、屋上に続く扉に貼った。それから楓は急いで階段を降り、自分のクラスに行った。楓のクラスでは食堂をやっており、焼きそばとおにぎり、珈琲《コーヒー》とお菓子などを出している。

教室の前には行列ができていた。お昼時でもあり、なかなかの盛況ぶりだ。

「ごめんねー、手伝えなくて」

弓道着のまま、裏の作業場に飛び込む。

「あ、楓だ」

「いいよ、忙しいんだから。準備は頑張ってくれたし」

クラスメートは温かい言葉を掛けてくれる。当日は手伝えないので、飾り付けや準備はしっかり手伝った。そういうところをちゃんとやっておかないと、クラスでの人間関係が悪くなる。

「おにぎり、余ってる？　買って行きたいんだけど」

「一パックなら、大丈夫」

「ありがとう。何か手伝おうか？」

「汚れるからいいよ。人手は足りてるし」

その言葉を素直に受けることにした。楓はおにぎりのパックをひとつとペットボトルのお茶を買って教室を出た。歩きながら、それぞれの教室の出し物を横目で眺める。面白そうなものもあるが、それほどゆっくりはしていられない。人が多いので、まっすぐ歩くのも大変だ。一年生の教室をちらりと見ると、弓道着姿が目に入った。カズだ。部活の時には見られないような嬉しそうな表情をしている。その視線は隣にいる小柄な女子の方に向けられていた。私服だから、ムサニの生徒ではないだろう。

あれがカズの彼女なのかな。すごくかわいい子じゃない。

カズと彼女の視界には、お互いしか入っていない。ふたりだけの世界を楽しんでいる。

甘酸っぱい気持ちになって、楓は何も言わずにその場を離れた。

校内はどこもいっぱいなので、おにぎりを食べられる場所を探して、楓は一階の中庭に着いた。中庭は出し物がないので空いていた。幸いひとつだけ空いてるベンチをみつけて、そこに座る。

おにぎりは梅と昆布《こんぶ》。梅のおにぎりをほおばりながら、楓はあたりを見回す。ほかのベンチに座っているのは、雑踏を避けてここにたどり着いたカップルばかりだ。仲良さそうに顔を近づけあって、談笑している。

いいなあ、青春って感じ。私も誰か学園祭に呼べるような男子がいるといいんだけど。

ふと乙矢の顔を思い浮かべる。

乙矢くん、来てくれるって言ってたけど、ほんとかな。でも、もし来るとしたら、善美にチケット貰って来るんだろう。チケット欲しいとは言われなかった。それじゃ、私が呼んだということにはならないな。

「楓」

ふと呼ばれて、顔を上げると、まさにいま考えていた乙矢が視線の先にいた。

「わ、びっくりした」

「ごめん、驚かしちゃった？」

乙矢はいつものように優しく楓をみつめる。

「うん、ちょっとぼんやりしていたから」

まさに乙矢のことを考えていた、とは言えず、楓は適当にごまかす。

「いま来たの？　もういろいろ見た？」

「いや、お昼を食べてからうちを出たところだから、いま着いたばかり。弓道場に行ったんだけど誰もいなかった。お昼休憩と貼り紙があったから、しばらく時間をつぶそうと思って、降りて来て廊下を歩いていたら、楓がいるのが見えた」

「そうだったんだ。ごめん、ちょっと待っててね、すぐにお昼食べちゃうから」

おにぎりを超特急でほおばり、お茶で流し込む。その様子を乙矢はにこにこしながらみつめている。

「お待たせ。じゃあ、一緒に行こう」

楓と乙矢は連れ立って弓道場に向かう。

私たち、カップルに見えるかな。でも、私だけ弓道着だし。弓道部のＯＢを案内する後輩くらいにしか見えないだろうな。

「デモンストレーションは好評？」

「うん、思ったより人は来てくれる。善美目当ての男子も多いんだよ」

「善美目当て？　そんなまさか」

乙矢は笑っている。あまり信じてない顔だ。自分自身の容姿に無頓着なので、善美のこともさほど綺麗だとは思ってないらしい。

「善美、人気があるんだよ。ミス・ムサニと言われるくらい可愛いし」

「そうかな。あのぶっきらぼうだろ。みんながっかりするんじゃないの？」

「それがミステリアスでいいんだって」

「へえ、変わってるね」

他愛ない話をしているうちに、屋上に到着した。屋上に通じる扉を開くと、昼休みを一足先に切り上げた賢人と善美がいた。

「乙矢！」

嬉しそうに近づいて来たのは賢人だ。賢人も同じ弓道会の仲間である。賢人は乙矢のことが好きで、仔犬みたいに懐《なつ》いている。

「来てくれたんだ」

「うん、ちょうど試験休みだし、屋上弓道場というのも見てみたくてさ」

乙矢は辺りを見回す。

「案外ちゃんとしてるね。これなら的も五つくらい楽に置けそうだし、ゆったり練習できるね」

いまはデモンストレーション用にふたつしか的は置かれていない。

「あ、ラインが薄くなってるね。もういっぺん引き直した方がいいかな」

楓は気づいたことを口にする。射場と観客の間を区切るために、石灰《せっかい》でラインを引いている。朝方用務主事の雨宮に引いてもらったものだが、観客が踏み荒らしたので、消えかかっていた。

「雨宮さんを呼んでくる」

善美がそう言って、階下の方に向かう。兄といるのが照れくさいのだろうか、と楓は思う。

「屋上は天候に左右されるしさ。雨とか風とか大変だよ」

「それもまたいいじゃない。風に負けないようにまっすぐ正確に引く練習になるしさ。試合の時に風が吹くこともあるしね」

「さすが、乙矢。考え方が前向きだね」

「練習の時、足元は靴？　足袋《たび》じゃないと、感覚がちょっと変わるね」

「うん、そうなんだ。それがやりにくい。足袋の時みたいに、床を踏みしめてる感じがしないし」

「それは仕方ないね。でも、専用の弓道場があるだけでも恵まれてると思わなきゃ。弓道場がない学校も多いんだから」

「うん、白井さんにもそう言われるけどね」

「ところで、俺もやってみたいな」

「じゃあ、ちょっと引いてみる？」

「でも俺、部外者だし。カケも弓も持ってないよ」

「乙矢なら参段《さん》持ってるから、俺たちのためのデモンストレーションってことで。いまは休憩時間中だし。巻藁体験者用に、学校のカケを持って来ている。弓と矢は俺のを貸すよ。俺と乙矢は身長もそんなに変わらないから、使えるんじゃない？」

「いいのかな」

「私も、乙矢くんの射がみたい」

横にいた楓が言うと、乙矢は顔をあげて、にこっと笑った。

「だったら、やってみる」

その笑顔の明るさに、楓はドキッとする。無防備にそんな表情をするから、乙矢に対しては冷静でいられないのだ、と思う。

乙矢はカケを選び、賢人から借りた弓と矢を持って、射場に立った。スニーカーの

足を開き、何度か重心を確認すると、

「じゃあ、お願いします」

そう言って、賢人と楓に軽く礼をすると、乙矢は執弓の姿勢を取った。胴造りをし、矢を弦に番えていると、閉めていた屋上の扉が乱暴に開けられた。その物音を聞いて、みんなの視線がそちらを向く。扉からはカズと彼女、それに三人ほどのガタイのよい男たちがなだれ込んでくる。

「ふん、ここが弓道場か。しょぼい場所だな」

男のひとりがみんなに聞こえるような声で言う。ひとりは学校の制服を着ているが、ほかのふたりは私服だ。他校の生徒かもしれない。

「ほんとだ、なんだあの的。畳にぶら下がってる」

別の男もそう言ってあざ笑う。

「ほんと、お笑いだわ。弓道というより、弓道ごっこだな」

「弓道なんて、どうせ的あてっこだし、こいつらにはお似合いさ」

最初はびっくりしてぽかんとしていた楓も、それを聞いて腹が立ってきた。

言い返そうと前に出た楓を、賢人がかばうように手で制する。そして、強い口調で男たちに言う。

「あなた方は何なんですか？　ここは弓道部のデモンストレーションの会場です。興味がないならお帰りください」

「興味？　大いにあるよ。こいつが柔道部捨てて選んだ部活だからな。どれほどのものかと思えば、こんな」

「彼女作ってちゃらちゃらしたいから、弓道ごっこを選んだんだろうよ」

そう言えば、前にもカズに絡《から》んできた男がいた。カズは中学まで柔道をやっていたが、それをやめて弓道を始めたことを不満に思う人間がいるらしい。よりによって、こんな時に邪魔しにくるとは。

「違う。彼女も弓道も関係ない。あんたたちのそういう態度が嫌で、俺は柔道から足を洗ったんだ。柔道は好きだったけど、あんたたちが嫌いだ」

カズはその中でもいちばんガタイのいい男を睨《にら》みつける。

「やめると言った俺と斎藤《さいとう》に最後の稽古だと言って、さんざん俺らを投げ飛ばした。斎藤は二ヵ所骨折した。あの時、先生が気づいて止めなければ、俺ら頸椎損傷で寝たきりになるか、頭を打って死んでたかもしれない。俺はその時思ったんだ。もう二度と柔道はやらないって。こんな連中とは一生関わりたくない」

カズの声は少し震えている。平静さを保とうとしているが、内心の怒りを抑えきれないようだ。横にいる彼女は怯《おび》えたような表情で、ぴたっとカズにくっついている。

「おかしかったな。ただの練習なのに、おまえが泣きわめいて先生を呼ぶんだから。その腰抜けっぷりには笑えたぜ」

「柔道は弓道と違って真剣勝負だ。毎日命懸けで練習してるんだ」

「そう、だから練習中に事故はつきものだ。的あてっことは訳が違うんだから」

「まあ、ここでじっくり見せてもらおうぜ。カズとお仲間たちの弓道ごっこを」

男たちは三人並んで、どっかとその場にあぐらをかいて座り込んだ。

「さあさあ、始めろよ。俺たちが見てやるからさ」

ひゅうひゅう、と男たちは声を上げる。

こいつら、居座るつもりだ。私たちの邪魔をする気なんだ。

察した楓は思わず言う。

「やめてください。デモンストレーションは多くの人に弓道部を知ってもらうためのものです。見世物じゃありません」

「なんだ、こいつ」

「確か、弓道部の部長ってやつだ」

ひとりがそう答える。以前、学校の廊下で会ってカズに絡んできた男だ。

「ああ、そうか。弓道は誰でもできる、お気軽なスポーツだったな。だから女でも部長でございい、って顔してられるんだ」

そう答えたのは三人の中でも一番身体の大きい男だ。

「よく見ると、可愛い顔してるじゃないか。一緒にここに座って、解説をしてくれないか？」

そう言って、男が無理やり楓の肩を抱いて自分の傍に引き寄せようとした。

「やめてください」

楓が抵抗すると、賢人も「やめろ」と割り込んできたが、相手の男は賢人の腕を引っ張り、あっさり床へと転がした。「いてっ」と賢人が顔をしかめる。コンクリートの床で擦ったのか、頰から血が出ている。

「楓を放せ」

カズも顔色を変えて男の前に立ちふさがる。一対三でも闘う気だ。男は楓を放し、着ていた上着を脱いで床に叩きつけると、カズの正面に威嚇《いかく》するように立つ。ほかの二人はその両脇に立った。カズの彼女は壁際まで後ずさる。

どうしよう、このままじゃ乱闘になる。

楓がそう思った瞬間、弦音が鳴り響き、すぐに的中音が続く。

場違いな音に、みんなの目が射場を向く。矢はみごとに的のど真ん中を射抜いている。

乙矢が矢を放ったのだ。そのまま美しい残身の姿勢を取っている。

「なんだ、この優男《やさおとこ》が。カッコつけやがって」

「なよなよしてても、弓道ならできますってか？」

乙矢は所作通りに一度弓を倒すと、悠々と執弓の姿勢を取る。そして、矢を番えると、男たちと対峙する方へと身体の向きを変えた。

そして、ゆっくりと矢を引き分ける。その矢の先は、一番身体の大きい男の方を向いている。

「なんだ、おまえ、それで俺を射るつもりか？」

矢を向けられた男は、強がっているが、声が少し裏返っている。

「弓は武器なんです。もともと人を殺すために作られたものです。柔道と違って、一射で相手の命を奪うことができる。非力な優男でも腕がよければね」

乙矢はいつものように冷静だ。だが、その声にはぞっとするような冷酷な響きがある。

「それで、どうしようって言うんだ」

乙矢の迫力に気圧《けお》されたように、男の声は上ずっている。

「練習中に事故はつきものだって言いましたね。弓道だって事故は起こる。故意でなくても、弓が暴発することはある」

「事故に見せかけて俺を殺そうって言うのか？　ばかばかしい。冗談だろ」

男は声を出して笑ってみせるが、誰も続かない。

「人を殺すなんて簡単なことだ。この右手を離せばそれでいいんだから」

乙矢は怒っている。静かに、その分激しく怒りの炎を燃やしている。怒りの青い炎が、乙矢の全身を包んでいるように楓には見えた。

こんな乙矢くん、見たことがない。

「馬鹿な、こ、殺せるわけない。冗談はやめろよ」

「僕が人を殺せないとでも？　ひとり殺すのもふたり殺すのも同じなのに？」

楓ははっとした。やはり乙矢は自分のせいで父親を殺した、と思っているのだ。あれは事故だったのに。

「この状態だって、長くは続きません。力尽きたところで、矢は離れていく」

乙矢は引き分けの状態のまま、話をしている。腕が微かに震えている。このままでは矢は放たれてしまう。

「やめて、乙矢くん！」

楓が叫ぶと同時に、

「お前ら、何をしている！」

という声がした。用務主事の雨宮の声だ。ライン引きを頼むために、善美が呼びに行っていたのだ。雨宮の後ろには善美がいた。

乙矢は、はっとした顔になった。力を抜き、弦を緩めると、ゆっくり弓を下ろした。男たちは安堵《あんど》した顔になる。

雨宮は乙矢に近づき、その頬を叩いた。

「馬鹿野郎、なんてことするんだ！」

雨宮は乙矢の胸ぐらを摑む。

「冗談でも、弓を人に向けちゃいけない。中ったら、怪我じゃすまないかもしれないぞ！」

「すみません。脅《おど》しのつもりでしたが、やり過ぎました」

乙矢は恥入ったように言う。

「脅し？」

雨宮は乙矢から手を離し、男たちの方を見る。男たちは、雨宮の顔を見て、ばつの悪そうな顔をする。

「あれ？　おまえら、さっき校舎の裏でタバコを吸ってた連中だな。今度は屋上で吸うつもりか？」

「やべ、さっきの用務員だ」

「まずいのに見つかった。退散だ」

男たちは床に置いていた上着を拾うと、慌《あわ》ててその場から走り去る。その際、男のひとりがカズの肩を突き飛ばしていった。カズは少しよろめいた。

男たちの姿が屋上から消えると、雨宮が乙矢に強い口調で問い質《ただ》す。

「何があったんだ。きみ、この学校の生徒じゃないだろ？」

「俺のせいなんです。昔いた柔道会の道場の連中は、俺が弓道部に入ったのが気に入らない。それで、嫌がらせに来たんです。お騒がせしてすみませんでした」

カズがそう言って、頭を下げる。何故《なぜ》かとなりにいる彼女も「すみません」と、一緒になって頭を下げた。

「あれは私の兄の乙矢。弓道部のデモンストレーションを見に来た」

善美が簡潔に説明する。

「あいつらが暴力をふるったので、乙矢が止めに入ろうとしたんです。脅しただけで、乙矢は悪くありません」

説明する賢人の頬には、男たちのせいでできた擦り傷がある。それを見て、いきり立っていた雨宮の態度が少し軟化する。

「そうか。だけど、弓を脅しの道具に使うのは、褒められたことじゃないぞ」

「はい、わかっています。行き過ぎた行為でした。弓道人として恥ずべき事です。こんなことは、二度とやりません」

乙矢は雨宮に向かって深々とお辞儀《じぎ》をした。

「わかっていればいい。ほんと、誤って発射してたら、何が起こるかわからない。そうなってから反省しても、取返しはつかないんだから」

雨宮の言葉は重い。それで彼が高校生活を棒に振ったことを、楓たち弓道部のメンバーは知っている。

「いえ、こういうことに使うこと自体、弓を冒瀆《ぼうとく》する行為でした。まだまだ自分は未熟です」

「未熟って、そんなの当たり前だろ。まだ君二十歳《はたち》そこそこだろうが。それで出来上がっていたら、そっちの方が気持ち悪い」

それを聞いて、強張《こわば》っていた乙矢の顔が少し緩んだ。

「だけど、気持ちが荒れている時には、弓を引かない方がいい。感情ってやつは、時に制御できなくなるものだから」

「ありがとうございます。自分でも、こんなに怒るとは思っていませんでした。止めに入ってくださって、助かりました」

「まあ、これからは気をつけろ」

雨宮の言葉に、乙矢は黙ってまた礼をした。

雨宮はそれで納得したように、ライン引きを始める。

乙矢は賢人の方に近寄った。みんなは黙ったまま、その姿を見守る。

楓もショックで乙矢に掛ける言葉がみつからない。乙矢の中にある闇のようなものを見てしまった気分だ。

「こんなことに使って、申し訳なかった」

乙矢は弓とカケを賢人に返した。

「助かったよ。乙矢がいてくれてよかった」

賢人の返事を聞いて乙矢は口元で笑顔を作ったが、その目は恥じるように、賢人の視線を外して下を向いていた。

6

一一月の新人大会が終わると、しばらく大きな試合はない。一月に東京都武蔵野地区の中学高校弓道大会があるくらいだ。

「せっかく毎日練習できるようになったのにね」

ぽつんとカンナが言う。

「うん、でも一月なんてすぐだよ。その前に期末試験もあるしさ」

薄井がそう返事する。

「それにしても、寒いね。風が強いし」

カンナは両手を前に組んで、寒そうに足踏みをしている。一一月の終わり、本格的な冬の寒さではないが、曇って風があるので、胴着姿では寒さがこたえる。みんな厚手のシャツや袖のないダウン・ジャケットを着こんでいるが、風が強い日はそれでもつらい。

「屋上はふきっさらしだから、風は避けられないよ」

「ミッチー、しゃべってないで、ちゃんとカメラで撮ってよ」

楓は注文をつける。弓を引くところを、真横からスマホで撮ってもらっているのだ。

「ちゃんと撮ってるって。だけど、真横からでいいの？　前からの方がよくない？」

「前はあとで頼むわ。それと、後ろからも撮りたいんだ」

目で見ることは大事だ、と楓は思った。ひとに注意されても、感覚だけで自分の身体の状態を正せるほど敏感でないのだから、カメラに頼るしかない。

「頑張るなあ。まだ練習時間じゃないのに」

薄井はぶつぶつ言いながら、スマホを構えている。

四射引き終わり、矢取りに行って戻ると、薄井からスマホを受け取り、映像をチェックする。ここのところ、練習の時には必ずそうやって姿勢をチェックする。以前よりはよくなっている、と自分では思う。

「遅くなって、すみません」

白井が屋上に現れた。今日は月二回ある白井の指導の日である。

「では、一列ずつ順番に見ます」

白井はひとりずつ引かせて、悪いところをその場で直す。まず薄井の射をチェックする。

薄井は緊張した面持ちで矢を番える。家でも弓道のＤＶＤ等を見て研究しているので、薄井の所作には迷いがない。だが、それが中りに直結するかというと、うまくはいかなかった。

「もっと引いて、もっともっと。……身体が弓の中に割って入る気持ちで、そう角見を利かせて」

白井に誘導されながら引いた薄井の射は、まっすぐ飛んで、ぎりぎり的の下の方に中った。

「えっ、中った？」

信じられない、というように薄井が言う。弓道を始めて半年、薄井に中りが出たのは初めてだった。見ていた楓たちがぱちぱちと拍手すると、薄井は照れくさそうな笑顔を見せた。

「そう、いまの射はよかったですよ。いまの感覚を忘れないように、もう一射行きましょう」

次の射は外れたが、数センチ上に逸れただけだ。白井は薄井を褒めた。

「確実によくなっていますね。これからは少しずつ中りも増えますよ」

「ありがとうございます」

薄井の頬は嬉しそうに紅潮している。

「では、次」

白井に促されて、楓が射位に立つ。

天から後頭部が吊るされているような気持ちで。同時に大地に足をしっかり踏みしめて。

そう意識しながら、弓構えをして打ち起こしの姿勢を取る。白井が小さく「ほお」と感嘆するのが聞こえた。

左右の拳の高さが同じになるように。肩の位置がぶれないように。

「そう、縦線と横線を利かせて」

白井の言葉を聞いて、楓は改めて中心軸を意識する。丹田を意識しつつ、左右が平行になるように気をつけながら引き分けた。矢は的の少し後ろ、左方向に外れた。

「よくなりましたね。びっくりしました。姿勢が変わりましたね」

「はい。あの、映像に撮ったら、自分の姿勢が悪いのに気づいて、それで」

最近では、弓道をしていない時でも中心軸を意識している。椅子に座っている時でも、腰骨を立てて背骨がまっすぐになるように気を付けている。そうすると、首の位置も変わってくるのがわかる。

「そうやって自分で気がついて、自分で修正のやり方を考えるのはとてもいいことです。そうやって工夫したことは、確実に身に着きますから」

「だけど、よく考えたら、弓道会で白井さんや前田さんに、以前から注意されていたことなんですね。わかったつもりだったのに、ちゃんと身に着いていなかったんだと思います」

楓が言うと、白井は微笑みを浮かべた。

「教わっただけで直せるとしたら、物事は簡単です。たいていの人はなかなかうまくいかないし、だからこそ練習が必要なんです。また身に着いたと思っても、知らず知らずのうちにズレていることもある。弓道の動作はシンプルですから、ちょっとしたズレで中りが変わってくる。だから、常に基本に立ち返ることは大事です」

「それは……白井さんもそうなんですか？」

「もちろんです。だからこそ弓道はいくつになってもやりきった、とは思いません。何かしら自分の中に問題が見えてくる。だから、飽きることがありません」

楓から見れば達人のような白井が、そんなふうに思うとしたら、楓は自分なんかできなくて当然のような気がしてくる。

「あとは呼吸を意識してください。吸う、吐くのタイミングに動作を合わせられると、もっとよくなります」

「吸う、吐くのタイミングですか」

そこまで意識するのはまだ難しい。いまは姿勢を正しくすることだけに意識が向いている。それが身に着いたら、次に進めるだろう。

「それから、いまのは狙いが少し後ろでした。狙い通りに矢が飛んでいるのはいいことです。矢の狙いをちゃんと定めれば中るはず」

白井の言葉を受けて、楓は二射目を構える。楓が会の状態になった時、白井が言う。

「もうちょっと狙いを前に」

それを聞いて、楓は狙いの位置を少し右に移動する。

「角見を利かせて。そう」

矢は心地よい的中音をさせて、的の上方に中った。

「よかったですね。いまの感じを忘れずに練習してください。きっとよくなりますよ」

白井に褒められて、楓は嬉しかった。いままでなんとなく練習して、少しずつ進歩してきたと思っていた。でも、いまははっきりやるべきことがわかる。それを続ければいい、と後押しされたようで心強く思った。

練習が終わると、白井を囲んで雑談になった。

「この後、大きな試合はないんですね」

カンナが言う。

「そうですね。四月にある関東大会の予選までは、大きな試合はないですね」

「こういう時期は何を目標にすればいいんですか？　せっかく練習日も増やしたのに、目標がないとダレてしまいそうで」

「この時期はほかの学校と練習試合をしたり、昇段審査を受けたりします。あと一月に武蔵野地区の中学高校弓道大会があるので、それには出場したいですね」

「練習試合ってどうやるんですか？」

「弓道場のある学校に、練習試合をさせてほしい、と顧問の先生を通じて申し入れするんです。相手が受けてくれたら可能になりますが、うちはまだ人数が少ないので、相手の学校が受けてくれるかは、ちょっとわかりませんね」

最近では弓道の人気が高まっているので、弓道場のある高校は部員も多いらしい。男女一組ずつしかない武蔵野西高校とではバランスが取れないので、練習試合としては成立しにくいだろう。

「じゃあ、昇段審査を目標にします。次の昇段審査っていつでしょうか？」

「参段以下の審査は、二月上旬になります」

「二月か。どうする？　みんなで受ける？　段位を持っていれば、公営の弓道場でも個人練習できるし」

カズがみんなに問い掛ける。

「いいね。私や善美は初段取って二月で一年経つから、弐段に挑戦してもいい頃だと思うし」

楓が言うと、賢人も続く。

「俺も受けてみようかな。参段はちょっと早いけど、目標があると励みになるし」

「じゃあ、全員昇段審査を受けることにしよう。二月を目標に頑張ろう」

「賛成！」

賢人の言葉に、全員が賛成した。

「二月に受けるんですね」

白井が考え込むように言う。あまり喜んでいる感じではない。それが楓には引っ掛かる。

「二月はダメですか？」

「実は、一月に妻が手術をすることになったんです。命にかかわるようなものではありませんが、何かとサポートが必要になるので、地区大会が終わったらお休みをいただこうかと思っていたんです。ちょうど試合もない時期になりますし」

「どうぞ休んでください。ご家族の方が大事です」

「そうですよ。俺ら、自分たちでなんとかしますから」

「二月がダメでも、次もあるし」

「そういう時はちゃんと奥さまのお世話をしないと、あとで恨まれますよ」

みんな口々に言う。誰も反対する者はいない。

「ほんとに大丈夫でしょうか。まだ体配については、きちんとお教えしていませんが」

白井は申し訳なさそうだ。白井の来る日は限られているため、射そのものの指導が中心で、体配についての指導は受けていない。

「大丈夫ですよ。俺ら、弓道会でご指導を受けてますから」

「私たち三人でなんとかします。もともと後輩の面倒は私たちがみなきゃいけないんだし」

白井は弓道部の指導を始める前、地元の弓道会のジュニアクラスで指導をしていた。だから、賢人、善美、楓は直接白井に教わっている。

「ですが……審査の直前だけでも来ましょうか？」

「そんな、大丈夫ですよ。一応、顧問のたのっち、いや、田野倉先生もいますし。本当なら田野倉先生が指導しなきゃいけないことだと思います」

楓は白井に心配かけまいとして言うが、内心では田野倉はあてにならないと思っている。

「ありがとう。こういう形でお休みするのは申し訳ないですが、順調にいけば、二月の終わりには復帰します。関東大会の予選の練習には間に合うようにしますので」

「はい、その時はよろしくお願いします」

「お願いします」

不安はあるが、なんとかするしかない、と楓は思う。ちゃんとした指導者にみてもらえる学校ばかりじゃない。むしろそちらの方が少数派だ。自分たちは恵まれている、と楓は自分に言い聞かせる。今回は自分たちだけで頑張ろう。

その日の練習はそれで終わり、後片付けをすることになった。安土代わりの畳を片付け、その日使った的を手洗い場に持って行き、的貼りをする。

「そう言えば楓」

的の木枠をたわしで洗っていると、珍しく善美の方から話し掛けてきた。

「何？」

「今度、乙矢の通ってる弓道場に見学に行く。楓も来ると聞いたけど」

自分も見に行きたい、と言ってたことを、乙矢が覚えていてくれた。それは嬉しかったが、学園祭の一件があったので、楓は乙矢のことが少し怖くなっている。穏やかな性格だと思っていたが、自分が思っていたよりずっと激しい人なのかもしれない。これ以上深入りしてもいいのか、とも思う。

「なんですか？　善美先輩のお兄さまも、弓道をやっていらっしゃるんですか？」

横で的紙を貼っていたカンナが、手を止めて興味深げに尋ねる。カンナは学園祭で事件があった時には弓道場にいなかったので、乙矢には会っていない。

「そうだよ。乙矢くんは私や賢人と同じ弓道会に所属していて、私たちの先輩でもあるんだ」

楓が善美に代わって説明する。

「同じ弓道会？　それなのに、通ってる弓道場を見に行くってどういうことですか？」

「乙矢くん、うちの弓道会以外に、流鏑馬をやる流派の門人になったんだって。それで、そこを見学に来ないかって、言ってくれてるんだ」

「流鏑馬の流派？　面白そうですね。練習を見学できるんですか？」

カンナの声が弾んでいる。楓はちょっと嫌な気持ちになった。

「うん、私と善美は見学に行く」

「私もご一緒させていただいて、いいでしょうか？」

楓は善美の顔を見た。正直に言えば、断ってほしい、と楓は思った。乙矢をカンナに会わせるのは、なんとなく気が進まない。

「いいよ。乙矢に伝えとく」

楓の想いとは裏腹に、善美はあっさり承諾した。

「いつがいい？」

「私は来週の日曜だと都合がいいです。楓先輩は？」

「私も……それでいい」

カンナが行くなら、自分も行かないわけにはいかない。

「じゃあ、来週の日曜日。何時がいいか、乙矢に確認してみる」

「ありがとうございます。楽しそう」

カンナは心底嬉しそうだ。流鏑馬の流派はカンナの好みにも合いそうだし、自分も入りたいと言い出しかねないな。

それに、乙矢くんのことも気に入りそうだし。

乙矢を少し怖いと思いつつ、カンナが乙矢に近づくのは面白くない。自分の身勝手な想いだとわかっていても、うまく気持ちを整理できなくて、楓は苛立《いらだ》った。

持っているたわしでごしごしと的の木枠を擦《こす》る。水道水が撥《は》ねて、顔にまで水が掛かったが、それにかまわず楓は木枠を擦り続けていた。


「ただいま」

その日帰宅すると、珍しく母の方が先に家にいた。薬剤師の母は近くの調剤薬局で働いている。

「おかえり。そういえば、こんなのが来ていたよ」

母が差し出したのは、週に一度通っている塾からの封書だ。中を開けると、冬期講習のパンフレットが入っていた。

「大学受験に向けて、高二の冬から本格スタート！」とか、勇ましい文言が並んでいる。

ろくに見ないでそれをゴミ箱に捨てようとすると、母が止めた。

「冬期講習、行かないつもり？」

「行かないつもりはないけど、こんなの塾に行けばいくらでも置いてあるし」

「じゃあ、行くのね。コースは決めた？」

「……まだだけど」

「あなたねえ、のんびりしているから」

母はこれみよがしに溜め息を吐く。

「もう高校生活も半分過ぎたのよ。そろそろ進路を決めないと。志望大学とか決めたの？」

楓は黙っている。どうやら母が自分に説教するつもりだ、と気づいたからだ。

「パート先の森田《もりた》さんのお嬢さんは、高一だけど、この秋オープンキャンパスに行って来たんだって。それでもう志望校を決めたそうよ」

なるほど、母が急にこんなことを言い出したのは、森田さんに感化されたのか、と楓は思った。母は意外と周りに影響されやすいのだ。森田さんというのは母と同じパートの薬剤師で、年頃も近いせいか仲が良い。母が太極拳を始めたのも、確かその人に勧められたからだった。

「あなたも、志望校が決まってないなら、この冬はオープンキャンパスに行ったらどう？　進路を決める参考になるのよ」

「考えとく」

「そもそもあなた、文系？　理系？　それくらいは決まっているよね？」

「……文系」

楓の成績は、クラスで六、七番めくらい。目立ってよくはないが、決して悪くはない。これと言って苦手な科目もないので、そこそこの国立大なら現役で入れそうだ。だが、苦手科目がない代わりに、突出してよい科目もない。それが悩みどころでもある。

「だったら、なおのことちゃんと考えないと。私みたいに資格が取れるならいいけど、文系じゃ、なかなかそういう学部は少ないし」

母は薬学部を出て薬剤師になった。結婚しても働ける資格が欲しい、と思って薬学部進学を決めたのだそうだ。

「教師の資格を取れば、何かとつぶしが利きそうね。司書とか学芸員の資格は、持っていてもあまり役に立たないみたいよ。最近では非正規雇用が多いみたいだから」

畳み掛けるように母は言葉を続ける。こんな風に説教している時の母は、なぜか生き生きして見える。

「いいよ、そんなこと。まだそこまで考えてないし」

「そんなこと、じゃないよ。大事なことよ。私たちの頃には、部活は高校二年の夏休みまで。秋からはほとんどの人が受験勉強に専念していたのよ。それなのにあなたは高二の秋になって、部活の日を増やしたりするし」

それを言われると耳が痛い。進学校だから、楓のクラスメートの中にも部活を引退する人も出始めている。

だけど、勉強だって頑張ってる。この前のテストだって、まあまあの成績だったし、と楓は反論したくなる。

「楓はいったい、いつまで部活を続けるつもり？」

「……たぶん、来年の四月まで。もし関東大会に出られたら、少し先に延びるけど」

四月には関東大会の予選がある。そこまで続けて部活をやめる、というのが楓の高校の部活では一般的なパターンだ。中には秋の大会まで頑張る人たちもいるが、それはよほどの強豪の部くらいだ。

ほんとうは、三年の秋まで続けたい。部活をスタートさせたのが遅かったから、秋季大会も新人大会も一度しか出られずに終わった。それも消化不良な感じで、あっけなく負けたのだ。できればそのリベンジができるくらいまで頑張りたい。だけど、それは時間的に無理だろう。

「部活をやめろとは言わない。だけど、ほどほどにね。学生の本分は勉強なんだし、そっちも頑張らないとダメよ。進学は一生の問題なんだから、真剣に向き合わないと」

「わかった、わかった」

「弓道は別に大学でもできるでしょ。弓道会だって続けているんだから、それでいいじゃない」

母はわかっていない。高校の、いまの仲間たちと弓道をやりたいのだ。いまのメンバーで大会に出たいのだ。それは今しかできないことなのに。

「せめて、どの方面に進学するかくらいは、そろそろ決めなさいね。あなた自身の問題なのよ」

母の言葉を背中に受けながら、楓は自分の部屋に退散した。

荷物を床に放り出すと、ベッドの上に寝転がり、天井を見ながら考える。

進学か……。

そりゃ、進学は大事だと思う。ちゃんと勉強もしなきゃというのはわかっている。だけど、一年の頃は学校でやりたいことがみつからなかった。二年になって弓道部を始めて、ようやくこれを頑張ろう、と思えるようになった。学校に行くのが楽しくなった。なのに、もうやめなきゃいけないのだろうか。

それはあまりにも短い。不完全燃焼だ。

将来を見据えて、勉強以外はほどほどにするのが正しいのだろうか。

高校って、大学に進むための通過点でしかないのだろうか。

大学は？　就職のための通過点？　一流企業に入れば合格？　その後は？

きっとそれで上がりじゃなく、その次は結婚や出産をしなきゃ一人前じゃないとか言われるんだろうな。

そうやって来るべき未来のために、常に備えているのが正しいのだろうか。一七歳の自分は今しかないのに。

その今をちゃんと楽しんだり、勉強以外のことを頑張ったりしてはいけないのだろうか？　それをあきらめたまま将来が訪れても、過去の自分はそれでよかった、と心底思えるのだろうか？

考えても答えの出ない問いが、楓の頭の中をぐるぐる回る。

「ご飯、できたわよー」

キッチンから母の声が聞こえてくる。

返事をする気になれなくて、楓は枕に顔を埋《うず》めた。

7

歴史ある弓道の流派の練習拠点となると、鬱蒼《うっそう》とした樹々に囲まれた町外れの広い敷地の中に、ぽつんとある古い道場を想像していたが、それはロマンチック過ぎる考えだったようだ。東京郊外の閑静な住宅地のまん中に、その建物はあった。入口のところに木に墨文字で書かれた看板が掲げられていたが、それ以外は目立った印はない。注意していないと、気づかずに通り過ぎてしまいそうだ。

ここがあの有名な流派の総本山か。鎌倉時代から続いている、弓道の名門中の名門だ。

ついミーハーな気持ちになって、楓のこころは浮き立つ。

乙矢の通う道場に、善美とカンナと連れ立って見学に来ているのだ。

「こっちだよ」

乙矢に案内されて、三人は玄関を入る。入ってすぐ、目の前が弓道場になってい
た。広さは教室より狭いくらいだが、奥行があり、手前には見慣れない木馬のような
ものが置かれており、奥には射場、その先の庭に的が三つ並んでいる。五、六人がそ
こで思い思いの練習をしている。男性もいれば女性もいる。年配の人が多いのか、と
楓は勝手に思っていたが、意外と若い人もいる。奥の射場で矢を射る者、手前の木馬
のようなものに乗る者、鏡の前で自分の射形をチェックする者。木馬がなければ、弓
道会の練習の雰囲気にとても似ている、と楓は思った。だが、弓道会よりもさらにぴ
んと空気が張り詰めている気がする。伝統が醸し出すものなのか、そこにはまるで神
社のような静謐な空気が漂っている。自然と背筋が伸びる。
乙矢は奥から出て来た眼鏡を掛けた年配の男性に、三人を紹介する。
「こちら、お話ししていました見学希望者です。右から妹の善美、弓道会の後輩の矢
口楓さん、それからえっと」
乙矢とカンナは数分前、初めて顔を合わせたばかりだ。先に道場に来ていた乙矢
が、最寄駅まで三人を迎えに来てくれたのだ。
「山田カンナです。よろしくお願いします」
カンナがはきはきと挨拶したので、楓も「よろしくお願いします」と頭を下げた。

「こちら、見学を許可してくれた理事の中里《なかざと》さん」

「中里です。わざわざ来てくれてありがとう。ゆっくり見ていってください。わからないことがあったら、真田くんにでも僕にでも、遠慮なく聞いてくださいね」

練習している中ではいちばんのベテランに見える中里という人は、背が高くがっちりした体型だが、優しそうな目をしている。

「あの、師範の方はいらっしゃらないのですか？」

こういう時でも臆《おく》しないカンナが、中里に質問する。

「師範ではなく、我々は宗家《そうけ》と言います。稽古の中心となっているのは宗家ではなく、宗家の嫡男《ちゃくなん》です。尊敬を込めて我々は若《わか》先生と呼んでいます。あいにく今日は仕事で関西に出張しておりますので、ここにはおりませんが」

「仕事って、流鏑馬のですか？」

「いえ、若先生はサラリーマンなので、そちらの仕事で」

「サラリーマン？　ここで教えるのが仕事ではないのですか？」

思わず楓も尋ねた。お茶でもお花でも、師範という人はそれだけを専任でやっている。弓道もそうなのだろう、と思っていた。

「うちの流派には、礼法や弓馬術を生業《なりわい》にしない、という教えがあるんです。だから、若先生も平日は会社で働いて、練習や指導は平日の夜や土日に行っています」

「じゃあ中里さんも別にお仕事を？」

「もちろんです」

楓の父は残業や接待で遅くなることも多い。ふつうのサラリーマンは皆そういうものだと思う。それなのに弓馬術の練習までしていたら、とても大変だろう。

「あの、そちらの木馬は流鏑馬の練習用なんですか？」

カンナが真ん中にある木馬を指さした。この弓道場ではそれが何より目を引く。文字通り馬の形を模した木作りの道具だ。実物よりやや小さいくらいの大きさで、装飾はなく、顔は描かれていない。馬の顎からは手綱が下がり、背にあたる部分には本物の鞍が置かれている。

「ええ、そうです。乗ってみますか？」

「いいんですか？」

「せっかくいらしたんだから、体験してみてください」

そう言われて、まず楓が木馬に乗った。木馬は思ったより高い。跨《また》るまでが大変だ。乙矢に手伝ってもらって、ようやく跨ることができた。

いざ乗ってみると、思ったより視線が高い。馬の背に座っているので、地面から二メートル以上の高さになる。これで下手に動いたら、落ちそうで怖い。

「あそこに的があるでしょう？　練習ではこれに乗って、あの的に向かって弓を引くんです」

中里が、左側の壁に掲げてある的を指して説明する。

「実際に弓を引く瞬間は、手綱は離すんですよね。怖くないですか？」

「最初は怖いですね。だけど、離さないと弓は引けませんから」

中里は平然と答える。

「踵で鐙を踏み、膝を開き、腰を落として重心を下げます」

「えっと、こうかな？」

楓が聞いた通りにやってみる。

「腰掛けてはいけません。ほんの少し浮かせます」

「わ、この姿勢を続けるのはしんどそう」

「いわゆる出尻鳩胸の姿勢で腰を入れ、下半身を使って身体を支えます。そうして弓を引く」

「やっぱり難しい」

楓が馬から降りて、善美、カンナと順番に乗せてもらう。それぞれ馬に跨って、素手で弓を引くそぶりをした。

「楽しい。ちょっと流鏑馬やっている気分になりますね。流鏑馬って女性もやっているんですか？」

カンナは馬から降りると、中里に尋ねる。

「昔は女性は参加できませんでした。いまは時代も変わっていますから、女性でもよい、という神社も増えました。うちには何年も通っている女性の門人も多いですから、そういう場合は、積極的に女性にも参加してもらっています」

「そうなんですね。ここに通っている方は、全員流鏑馬をやる人たちなんですか？」

「いえ、うちの流派は全国に門人がいますが、弓術と礼法と騎射に等しく重きを置く流派なのです。流鏑馬を稽古する門人は少数です」

「礼法？」

「日常の所作といいますか、明治以前の、昔から日本に伝わる武家の儀礼や作法です。歩き方ひとつとっても、明治以降は変わってしまいました。ですが、古来より培っていた無理無駄のない洗練された身体の使い方や物の扱い方、とき、ところ、関係性に応じた動きや儀礼などは大変合理的で、そこには美しさが宿っています。それを我々は後世にも伝えていきたいと思っているのです」

つた。

「そうすると、生活全般に関わっているんですね」

そういえば、弓道会でも日常の動作が訓練になる、と白井から聞いたことがあった。もしかしたら、この流派の教えから影響された考えなのかもしれない、と楓は思った。

「そう言ってもいいかもしれませんね。ただ弓とか作法を学ぶのではなく、それが日常に生きていなければ意味がない。ここで身に着けたことを、日々に生かすことが大事なんです。うちの場合、礼法だけを学びに来られる方もいますし、騎射はやらず、弓術だけの方もいます。もちろん騎射をやりたくていらっしゃる方も多いのですが、そういう方にもまず礼法を稽古していただくことをお願いしています。この建物の二階が礼法を学ぶ場所になっています」

「流鏑馬って、一年に何回開催されるんですか？」

「そうですね。うちが毎回関わっているのは年に一一〜一二回くらいでしょうか。それ以外にも単発で頼まれることもあります。全員うちの門人が執り行う場合もありますし、私どもが指導して地元の保存会の方が行う場合もあります。うちが流鏑馬に参加するとなったら準備もありますし、当日の手伝いも必要になります。流鏑馬は春と秋に集中していますから、その時期は大変なんですよ」

カンナはきょろきょろと辺りを見回した。何かを探しているようだ。

「どうかされましたか？」

「あの、馬はどこにいるんですか？」

それを聞いて、中里は破顔一笑《はがんいっしょう》した。

「ここで馬は飼っていませんよ」

「じゃあ、流鏑馬の馬はどこにいるんですか？　牧場に預けているとか？」

「いえ、流鏑馬に使う馬は、その都度現地の乗馬クラブなどで用意していただきます」

「じゃあ、毎回乗る馬が違うんですか？」

「はい。その通りです。たいていは流鏑馬の前日に、どの馬に乗るかが決まります。それから調馬して、本番に備えます」

「ほんとうに？　それでちゃんとできるものなんですか？　馬によって個性もあるし、癖もあるんじゃないでしょうか？」

「木馬の稽古をしっかりやれば、基本的にはどんな馬にも乗りこなせます。乗馬に必要な筋肉が鍛えられますから」

「すごい、神業《かみわざ》ですね。馬に乗って二本も三本も続けざまに引くんでしょう？　それだけでも難しいのに、毎回別の馬だなんて、信じられない」

　ふだん練習している弓道は、一射するのにたっぷり時間を掛ける。流鏑馬では一の的に中ててから次を引くまで、わずか四、五秒くらいしか時間がない。いつもの弓道とは別物だ。

「疾走する馬上でも木馬でもすべき動作は全く同じです。古来より伝わる技を呼吸に合わせて、無理無駄なく行なえば、自ずと中りはついてきます」

「そこまでになるには、どれくらい掛かるんですか？」

「人にもよるし稽古量でも違いますが、そうですね、三年五年は掛かると思った方がいいでしょうね。でも、技には限りがありませんから、一生が修行だと思います」

　中里はなんてことない、というように笑ったが、楓は圧倒されていた。

　その先一生を懸けて稽古を積む。そんな遠い目標のために、自分は頑張れるだろうか。そうして練習しても、全国にいるという門人の中からわずか数人しか出られない流鏑馬に、自分が選ばれるとも限らないのに。

　好奇心でちょっと覗いてみた自分と、実際にここに通う人たちの覚悟は全然違う。生半可な気持ちでは続けられないことだ。一生関わる気持ちじゃないと、できないのだ。

傍で黙っている乙矢の顔を見た。乙矢は当たり前のことを聞くように、落ち着いた顔でいる。自分の居場所にいる、という感じだ。

ああ、そうだ。乙矢くんはもうこちらの世界で生きることを決めたのだ。

楓は妙に寂しい気持ちになった。自分たちとは違う世界に行ってしまったように思える。手を伸ばせば届くほど近くにいるのに、遠く感じる。

「ここに参加したいと思ったら、誰でも入れるのですか？」

「もちろんです。男女年齢関わりなく、受け入れています。ですが、いきなり門人になるのではなく、まずは稽古に参加していただいて、しばらく様子を見ます。それで門人としてふさわしいと認められれば、正式に門人になっていただきます」

「高校生でも大丈夫なんですか？」

「もちろんです。ですが、高校生はいろいろとお忙しいと思いますし、大学に入ってからでも遅くないですよ。もし近い将来、私たちと一緒にやってみたいと思ったら、いつでも歓迎しますよ」

中里は包み込むような優しい笑みを浮かべていた。その笑顔につられて、楓も「はい」と返事をした。

「楽しかったね」

帰り道、楓はふたりに話し掛けた。乙矢は残って練習を続けるというので、三人だけで駅までの道を歩いている。

弓道場から遠ざかるにつれ、それまでいた場所が現実とはかけ離れた場所のように感じられる。自分たちの生活する時間とは、全然別の、ゆったりした時が流れていたような記憶が残る。そこにいた時間は、それまで経験したことのないような特別なものだった。

「はい、こんなふうに、伝統をずっと受け継いでいく人たちがいるんだな、と感慨深く思いました。ここに連れて来てもらって、よかったです」

カンナは感嘆している。それは楓も同じだ。

「ほんとだね。流鏑馬を中心に生きている人たちなんだな、と思った」

「先輩は、あんなふうに生きたいと思いますか?」

「どうだろう。いまはまだ、そうなりたいとは思えない。弓道は好きだけど、それが生活の中心になるか、と言われると……わからない。まだ高校生だから、ほかにやることがみつかるかもしれないし」

それが正直な気持ちだ。人生を懸けて弓道を極める、そこまでの覚悟はまだない。

大学で弓道部に入るかどうかさえ、決めていない。

「カンナは、自分でも入門したいと思ったんじゃないの？」

「ええ、ちょっと思いましたけど、いまは無理かな」

それを聞いて、楓はほっとした。カンナが入門すると言ったら嫌だな、と内心思っていたのだ。だが、次の言葉を聞いて、いらだちを覚えた。

「だけど、善美先輩のお兄さまは素敵ですね。凜々《りり》しくてプロポーションもいいから、胴着がとても似合っている。いま大学生なんですか？」

「うん。大学一年」

「どこの大学？」

カンナが無邪気に聞いてくるので、楓は大学名を告げる。

「わあ、頭もいいんですね。素敵、ファンになっちゃいそう」

「ファンだなんて。乙矢くんは芸能人じゃないし」

少し不機嫌な口調になった。敏感なカンナはすぐにそれを察知する。

「あ、すみません。もしかして楓先輩とつきあっているんですか？　さっきもすごく親しそうでしたね」

「そんなことないよ。弓道会の先輩だから、よくしてくれるだけ」

するとそれまで黙っていた善美が急に口を開いた。

「乙矢は楓のことを気に入っている。今回の見学も、楓を連れて来いって、乙矢にしつこく言われた」

楓の頬に血がのぼる。乙矢くんが私を気に入っている。前にも言われたけど、楓は信じることができない。なんで自分を、と思うのだ。

「あら、先輩赤くなってますよ」

カンナがからかい口調で言う。

「ばか、からかわないで」

「だけど、善美先輩が言うんだから、ほんとのことでしょ？　素敵じゃないですか。あんな人に好意を持たれているなんて。私なら大喜びだけど、先輩は嫌なんですか？ほかに好きな人がいるとか？」

「そういうわけじゃないけど」

乙矢は頭も性格もよく、容姿も完璧。おまけに大地主の孫だ。何もかも揃い過ぎている。それで逆に引いてしまう。

「楓先輩が乙矢さんに興味ないんなら、私が彼女に立候補しようかな」

「カンナ！」

咎《とが》めるような強い口調になり、楓は自分でハッとする。カンナはにやにや笑っている。

「やっぱり先輩も乙矢さんのこと、好きなんでしょう？　だったら素直にそう言えばいいのに」

「だけど……私と乙矢くんじゃ釣り合わないよ。きっとすごくもてるだろうし、大学に彼女がいるかもしれない」

「バレンタインにはいつも大量のチョコを貰っていた。高二まではずっと彼女がいたけど、いまは誰もいない」

善美が断言する。

やはりそうだ。乙矢くんがモテないはずはない。弓道会ではふつうに接してくれるけど、同じ高校ならうかつに近寄ることもできないだろう。きっと学校一のアイドルみたいに扱われる。容姿も成績も運動能力も、これと言って目立つ要素がない自分が近づくのは生意気だ、とほかの女子の反感を買うのは間違いない。

「だったら、チャンスじゃないですか。好意をもたれているんなら、あと一押し」

「乙矢くんとは、そういうんじゃないよ」

「じゃあ、どういう関係なんですか？」

そう問われても、咄嗟に答えられない。

憧れている、だけでもない。単純に、同じ弓道会の仲間というだけではない。

ある時、乙矢が長年抱いていた鬱屈を家族に吐露した。その現場に偶然立ち会った。

自分が聞いてよかったのか、といまでも思う。だけど、他人の自分が居合わせることが、乙矢にとっての助けになったのかもしれない、とも考える。だから、乙矢は自分に好意を持ったわけで、それは例えば病気で入院している患者が、担当の医者か看護師に好意を持つようなものじゃないだろうか。

乙矢の事を思うと、そういう感情がついて回る。だから、なんとも答えられない。

『こんな関係』と言葉で説明すると、そういうものになってしまうから。

楓の複雑な想いを察したのか、カンナはそれ以上追及しなかった。

「……まあ、いいです。善美先輩は入門したいと思わないのですか？」

「流鏑馬には興味ない」

素っ気なく言う。

「でも、弓道は今後も続けるんでしょう？」

「弓道部のある大学に進学する」

「じゃあ、もう進路は決めているんですか？」

「志望校は決めた」

「わ、すごい。私はまだ全然絞り切れないや」

思わず楓が言うと、カンナが慰めるように言った。

「まだこれからですよ。と言っても、私もだいたい決めてますが」

「そうなんだ。まだ一年なのにすごいねえ」

「私の場合、やりたいことが決まっているので、それで絞られてきます」

「やりたいことか。それがあればね」

溜め息交じりに楓が言う。同じように授業を受けているのに、どうやってみんなはやりたいことをみつけられるんだろう。なんか、自分だけ取り残されたような気持ちになる。

「確かに、受験までに学部まで決めなきゃいけないっていうのはきついですね。大学入っていろいろ学んだら、興味の対象が変わってくるかもしれないのに」

いつもは明るく振る舞っているけど、実際のカンナはおとなっぽい、と楓は思う。時々そういう姿が透けて見える。

「うん。一度決めたら修正が利かないのはつらい。ほかの可能性は全部捨てることになるから」

いまは何にでもなれる気がするけど、大学を決めたらなんとなく先が見えてくる。失敗は許されない。だから、慎重にならずにはいられないのだ。

「そうですね。ほんとは一八歳で全部決めるって、早過ぎますよね。入学後に転部とか転科するのも難しいし。アメリカみたいに、もっと自由に変えられたらいいのに」

その通りだと思ったが、それ以上楓は何も言えなかった。なんとなく切ない気持ちになったのだ。珍しくカンナもそれ以上は言わなかった。

その後はしゃべることなく、三人黙って駅まで歩いて行った。

8

年が明けて二日目。楓は学校の弓道場にいた。賢人から元日の夜、グループＬＩＮＥに連絡が来たのだ。

『あけおめ。カズと話して、明日学校で射初《いぞ》めをしようということになったけど、一緒に参加する人はいる？　たのっちには許可を取った。その後、近所の神社で初詣をしようと思う』

どうしようかな、と楓が迷っていると、善美の『参加』という書き込みが現れた。それで、楓も参加することにした。正月と言っても、特にやることはない。初詣は家族と一緒に元旦に近所の神社で済ませたし、高校入学前に名古屋からこちらに引っ越して来たので、近所に遊び仲間がいないのだ。

薄井は塾があり、カンナはアメリカから遊びに来ている従妹《いとこ》と浅草《あさくさ》に遊びに行くという。それ以外の四人が学校に集まった。

吹きっさらしの屋上は、風のある日は凍り付くように寒いが、この日は風もなく、穏やかな日差しが降り注いでいる。工場や会社が休業なので、空は澄み切って青く、景色もいつもより遠くまで見える。

「今日は絶好の弓道日和《びより》だぜ。うおーっ」

賢人が外に向かって吠える。その声が空高く響く。

「恥ずかしいからやめてよ」

部長として楓は注意するが、叫びたくなる気持ちはわかる。大きな空を独り占めしている気がするのだ。いつもは校庭から聞こえる野球部のノックの音や、サッカー部の激励の声も、今日はしんとして聞こえない。正月二日からやっている部活は少なく、関東大会出場の常連のバレーボール部やスパルタで有名なテニス部しかいない。

「せっかくだから、四的で引こう」

四人しかいないから、四的あれば全員が休みなく引ける。大前は善美、落ちには弐段の賢人が立ち、楓とカズが中に立つ。カズは矢所が安定してきて、的から大外しすることはなくなってきた。

「矢取りは六射でいいよね」

カズも言う。いつもは四射したところで矢取りに行くが、それもめんどくさい。矢はみんな六本持っているので、それがなくなるまで引こう、と言うのだ。

「うん、それでいこう。だけど、横矢になったら、いったん中止ね」

楓も賛成する。たまに何かの拍子に矢が的や安土に刺さらず、寝そべったり、安土に立て掛けられた状態になることがある。そのまま引くと次の矢がその矢に中る危険があるので、その場合は引くのをやめる、ということだ。

そうして全員は淡々と弓を引く。六射引くと矢取りのために中断し、また黙々と引き続ける。練習日が増えたおかげで、みんな確実に上達している。善美は五割以上の的中率だし、賢人はそれには及ばないが、よく中てている。四月から始めたカズもなかなかのものだ。三割くらいは中てているだろうか。

自分は賢人とカズの間くらいだろうか。負けられないな。

楓も自分の弓に集中した。白井に注意されたことを思い出しながら、淡々と弓を引く。それはとても気持ちがいい。弦音と的中音だけが、辺りに響いている。

この時間がずっと続くといいな。

ふと、永遠という言葉が楓のこころに浮かぶ。なぜかわからないが、弓を引いていると、その言葉がとても身近に感じられる。弓を引く行為が、何百年も続いて来たからだろうか。それがずっと未来にも続くものだからだろうか。

一時間ほど引き続けたところで休憩していると、大きなダミ声がした。

「おまえら、頑張ってるな」

顧問の田野倉先生が階段に続く扉から現れた。今日はトレーナーを着て、弓を持っている。

「たのっち、いや田野倉先生、来てくれたんですね」

「暇だったしな。さすがに今日は、顧問なしというのもまずいだろう」

「で、差し入れは？」

「そんなもの、あるか。こっちこそ差し入れがほしいくらいだ。わざわざ休みを返上して来てやったのに」

「暇だから来たんでしょう？　自分でも引く気満々じゃないですか」

「まあな。休みだし、正月に弓を引くって、縁起がいい気がする」

そうして、田野倉を交えて、さらに二時間ほど引き続けた。五人になったので、順番にひとりずつ休憩する。適度なタイミングなので、疲れ過ぎなくていい。

「もうこのくらいでいいだろ」

最初に音を上げたのは田野倉だった。

「ええっ、俺らもっと引けますよ」

「いきなりたくさん引くと、腕や肩に負担が掛かるからな。物足りないくらいでちょうどいいんだ。ちゃんとストレッチして、身体を緩めておけよ」

それで、整理体操をして、後片付けをして練習は終わることになった。その後、近所の神社に行くのも、田野倉は付いて来ると言う。

「えーっ、先生もう練習は終わりですよ、解散でいいじゃないですか」

賢人が口を尖らす。学校の外まで教師と一緒に行きたくはない。それはほかのみんなも同じだ。

「まあまあ、雑踏に行っておかしなやつに絡まれるといけないからな。ボディガード代わりに付いて行ってやるよ」

「たのっち、寂しいんだな」

カズがボソッと言う。

「なんか言ったか？」

「いえ、なんでもないです。着替えてきます」

「じゃあ、三時半に正門に集合」

そうして、みんなは更衣室へと向かう。

「俺、鍵を職員室に返しておくわ」

賢人が屋上に出入りする扉の鍵を持って、職員室の方に走って行った。

「賢人、なんか張り切ってるね」

賢人の後ろ姿を見て、楓がつぶやく。自分からみんなを招集して練習やるなんて、よほど気合が入っているのだろう。

「いや、ほんとはがっかりしてるんだよ」

カズが笑って否定する。

「がっかりしてるって？」

「カンナが来なかったからね」

「カンナが来ないからって、どうして？　……えっ、まさか」

まさか、みんなに声をかけたのは、カンナを呼び出すための口実？

「そう、賢人はカンナに会いたかったんだよ。それで俺らも一緒に呼び出されたってわけ」

「つまり賢人はカンナが」

好きなのか、という言葉を楓は呑み込んだ。部活に、恋愛感情を持ち込むのは、なんとなく嫌だ。

「気づかなかったの？　賢人、カンナに甘々じゃん」

「そうだっけ？」

「楓は鈍いなあ。ミッチーだって気づいていたのに」

「そうなんだ。ミッチーの事はなんとなく気づいてたけど」

楓は数メートル先を歩く善美の背中を見る。ミッチーは善美が好きなのだ。善美は、楓たちの話には全く興味なさそうだ。

「善美の方は、全然脈がなさそうだね」

やっぱりカズも気づいていたか、と楓は思う。

「カンナもどうかな？　賢人はタイプじゃない気がするけど」

「案外うまくいくかもしれないよ。カンナはちょっと変わってるし」

「そうだといいね」

「楓は善美の兄貴が好きなんだろ？　この前カンナが言ってたよ。学祭で会ったけど、すごい美形だね。度胸もあるし。おまけに秀才なんだって？」

前を歩く善美を気にしてか、カズは少し声を潜めた。

「そんなんじゃないよ。そりゃいい先輩だけど。そういうカズは彼女とうまくいってる？　学祭で嫌な思いして、怖がっていなかった？」

強く否定するのもわざとらしいので、楓は話題を変えた。

「いや、逆にあれで惚れ直した、と言われたよ。三人にひとりで立ち向かうなんてすごいって」

「ん、それならよかった。あの時は確かにカズ、頑張ったもんね」

「そうだけどさ。俺のせいでみんなに迷惑掛けて、ほんと申し訳なかった。善美の兄貴にも、ごめん、って伝えておいて」

「そうだね。なかなか会えないけど、会ったら伝えておくよ」

乙矢には次いつ会えるだろうか。会うのが嬉しいような怖いような、なんとも言えない気持ちだ。

「まあ、とにかくそんなわけで、賢人に協力してやってよ」

「うん、わかった」

それだけ言うと、楓は先を歩く善美に追いつこうと速足《はやあし》になった。善美は気にした様子もなく、自分のペースで歩いていた。

神社の近くに行くと長い行列が見えた。初詣に来た人たちだ。神社の生垣《いけがき》に沿って二〇メートルくらいの列ができている。この界隈では大きな神社なので、初詣の参拝客は正月二日目の午後でもまだ引きも切らない。楓たちも、その行列の最後尾に着いた。

「えっと、この神社は何の神様？　大黒《だいこく》様だっけ？」

「つまり商売繁盛の神様？　俺ら関係ないんじゃない？　学問の神様とかの方がよかったかも」

「神様は神様だから、大丈夫だよ。得意分野じゃなくても、いたいけな高校生の願いは無視しないよ、きっと」

賢人が自分に都合のいい願望を語っている。

「一年の始まりだ。いい年になるように、しっかり拝んどけ」

田野倉先生はジャージの上にコートを着ている。なので足元が寒いのか、その場で足踏みをしている。生徒たちは部活帰りなので、学生服の上にコートだ。楓はタイツの上に黒のレッグウォーマーを着けている。登校の時はNGだが、今は私用だから大丈夫だろう。

住宅街に近いので、初詣に来ているのは家族連れが多いが、友だち同士やカップルも多い。楓たちの前後には、着飾ったカップルが並んでいる。晴れ着を着て、お互いだけを見て、嬉しそうに会話している。その甘い雰囲気にあてられたのか、賢人が愚痴《ぐち》った。

「一年の始まりが教師と一緒に初詣か。幸先《さいさき》よくない感じ」

ほんとはカンナと一緒に初詣のつもりだったから、理想との落差に失望してるのだろう。

「好きな女の子と来たかったのか？　お前らひよっこにはまだ早いわ」

賢人の気持ちを知ってか知らでか、田野倉はそう言ってがはは、と笑った。

「先生も、生徒とじゃなく、彼女と来れたらよかったですね」

賢人が反論すると「やかましいわ」と、田野倉は賢人を右手で軽くはたいた。

「いてー、暴力教師」

賢人ははたかれた右肩を左手で押さえ、大げさに痛がるふりをする。

「それくらいでこたえるようじゃ、鍛え方が足らんわ。彼女作るなんぞ百年早い」

そんな馬鹿話をしているうちにも少しずつ列は進んでいく。階段を数段上がって鳥居を潜《くぐ》り、神社の敷地の中に入った。ここから神前まではまだ参道が数十メートルある。境内では、既に参拝を終えた人たちが社務所の横に作られた臨時の売店で、破魔《はま》矢《や》やお札、絵馬、熊手《くまで》などを買っている。

「おー、弓道部顧問としては、やっぱり破魔矢を買って帰るかな」

「破魔矢って、やっぱり弓道の矢から来てるんですか？」

カズが田野倉に質問する。

「もちろんだ。弓が昔から神事に使われていたことは知ってるだろう？　弓自体が神聖なものとされ、魔を祓《はら》う、と思われていたんだ。正月に神社で射礼の儀式を行うのは、そういう訳だ。魔を破るから、破魔弓、破魔矢。本当は破魔弓とセットになっていて、破魔弓で破魔矢を射ることで邪気を祓うってことになるんだが、大きさが手頃な矢を模したものが縁起物として普及したんだな」

「へえ、先生よく知ってますね」

「これくらい常識だよ。弓は古くから伝わるから、縁起物だけじゃなくて言葉にもいろいろ残っているだろ？　暇だから、弓道に関連する言葉をひとりずつ挙げてみるか？」

「しりとりの代わりってこと？」

楓がまだ小学生の頃、ドライブで渋滞した時や長い行列に並んだ時、親とよくしりとりをした。自分も大翔も、考えている間はおとなしく待つことができたからだ。

「しりとりよりは面白いし、少しは退屈しのぎになるだろ？　まず俺から行こうか。百発百中《ひゃっぱつひゃくちゅう》」

「それって、鉄砲のことじゃないの？」

「昔からある言葉なら、まず弓道だろう。次は楓」

「えっと、命中はそうですよね」

「射止める」

楓の隣にいた善美も、ぼそっと語る。

「次は俺？　えっと、手の内もそのまま使ってるよね。手の内を明かすとか」

「そんなはずはない、のはずも弓道の筈《はず》かな？」

「じゃあ、かけがえのない、というのもそうかも。自分の手に合い、馴染んだ弽《かけ》の代わりはないってことから来たんじゃないの？」

日頃から弓道絡みの言葉にはみんな敏感になっていたらしい。それなりに言葉が出てくる。

「矢を使った言葉はわかりやすいね。矢継《やつ》ぎ早とか」

「矢の催促《さいそく》」

「矢面《やおもて》に立つっていうのもあり？」

「一矢報《いっしむく》いる、の一矢もそうだね」

「えっと……白羽《しらは》の矢が立つ」

「光陰矢《こういんや》のごとし」

「嚆矢《こうし》とするって言葉もある。君らは知らんだろうが」

田野倉が得意そうに言う。

「どういう意味ですか？」

「物事の始まりとか先駆けになるものって意味だ。昔の中国では戦の始まりを告げるのに鏑矢《かぶらや》を敵陣に放っていた、ということが語源になっている」

「わ、先生さすが」

「勉強になるだろ」

田野倉は得意げにわははは、と笑った。

「矢も多いが、的を使った言葉も多いぞ。的中するとか」

「注目の的はそのまんまだね」

「的確もそうかな？」

「標的とかも？」

「目的もいいのかな？」

そんな話をしていると、あっという間に拝殿《はいでん》に着いた。楓はもうちょっと弓道言葉の遊びを続けたい気がしたが、自然と会話が止まった。四人ずつ横に広がって並んだ。楓は持っていたデイパックから財布を出した。お賽銭《さいせん》の百円玉を用意する。

列はゆっくり進んで、いよいよ楓たちが先頭になった。賽銭箱にお金を入れて、深い礼を二回する。ぱんぱん、と二度拍手をし、願いごとを心の中で唱える。

――弓道がもっともっとうまくなりますように。次の試合ではちゃんと結果が出せますように。それから進路がちゃんと決められますように。行きたい大学がみつかりますように。

隣にいた善美は早々に祈りを終えたようで、最後の礼をしている。楓はもう少し願いごとを言いたかったが、つられて身体を起こし、拝殿の奥に向かって礼をした。

参拝が終わると、田野倉は破魔矢を買いに行き、楓たちは社務所でおみくじを引くことにした。

箱の中に入ったおみくじを自分でひとつ選ぶ方式で、みんなは「今年の運試し」と一枚ずつ引いた。カズは大吉、賢人は中吉、楓はただの吉と出た。善美は「興味ない」と言って、おみくじを引かなかった。

「吉と中吉ってどっちが上なの？」

楓が聞くが、みんなもはっきりはわからない。

「何もついてないより、中とついてた方がましかもね」

自分が中吉なので、賢人は自分のいいように解釈する。そう言われると、それが正しいような気がする。

「大吉、中吉、小吉、吉という順なのかな。だとしたら……凶の上？　あまりよくないんだ」

「なんて書いてあるの？」

賢人に聞かれて読み上げる。

「えっと、不運の時期を乗り越え、よい方向へと向かっています。これまでの努力が実を結ぶでしょうだって」

願いごとはひととの調和でかなう、と書いてある。悪い感じではない。学業については、努力した分が実るとあるから、こちらもまあまあだ。

「えっと、俺の方は、運気は安定しませんが、こころを正しく持ち身を慎めば、よい結果をもたらすでしょう。……俺より楓の方がよくない？」

「そうだね。吉の方がいいのかな？」

そこに破魔矢と熊手の縁起物を持った田野倉が現れた。

「おみくじ、どうだった？」

「あ、先生。吉と中吉って、どっちがいいんですか？」

「えっと、大吉の次が吉、その次が中吉じゃなかったかな」

「あ、やっぱり」

「大吉が一番だと言われるけど、その先は下るばかりだから、吉の方がいいって言う人もいる」

「えーっ、じゃあ、楓が一番いいってことか？」

大吉を引いたカズは不服そうだ。

「考え方次第だ。いまはいい状況だけど、さらに自分を高めてやると思えば、大吉でも悪くない」

「じゃあ、俺はそれだ。もっともっとよくなってやる」

「うん、その意気だ」

「先生はやらないの？」

「俺は運には頼らないからな」

そう言いつつ、田野倉の手にはしっかり縁起物が握られている。どこが運に頼らないだ、と楓は内心ツッコんでいる。

読み終わったおみくじを、みんなで境内の脇にあるおみくじ納所に結んだ。細いロープが何本も渡してあるのだが、既に読み終えたおみくじがぎっしり結ばれていて、場所をみつけるのが大変なくらいだった。

結び終えると、境内をゆっくり歩き始めた。

「今年は弓道会もステップアップの年になるといいですね。部に無事昇格できるといいのですが」

楓が田野倉に言う。さほど部長らしいことはやっていないが、部に昇格させることには、部長としての責任を感じているのだ。

「これだけちゃんと活動しているんだから、昇格は間違いないだろう。だけど、内容的にもステップアップできるといいな」

「どういうことですか？」

「なんでもいい、どっかの大会で決勝トーナメントに進出できるといい。おまえらなら不可能じゃないと思うよ」

「ほんとに？」

「ああ、人数は少ないが、可能性はある。新人も伸びているし」

「決勝進出だけが目標じゃない。どうせなら優勝したい」

賢人が真顔で言う。全国大会出場を目指している賢人としては、地方大会くらいは勝たないと、と思っているのだろう。

「優勝かあ。できるといいけどね」

「試合で結果出さないと、新入部員の数にも影響してくるだろ。万年予選どまりじゃ、部員も増えないし」

「確かに。楓たちが引退したら、二年生三人だけになる。新人が入ってこないと、試合も出られなくなるよ」

カズが発した引退という言葉に、楓はドキッとする。もし、関東大会予選までとすると、あと半年もすれば引退になる。

「試合あと何回あるかな。年度内であるのは、武蔵野地区の大会？」

「そうだな。一月下旬にある。そのすぐ後には、昇段審査もあるからな。受けられるやつは受けるといい。段を持っていれば、公民館の弓道場にも自由に行けるし」

「俺、どうしようかな。参段はまだ早いかな」

賢人が言う。賢人は弓道会の方で弐段まで取得している。

「好きにするといい。だけど、参段は難関だからな。審査料無駄にするだけかもしれないぞ」

「じゃあ、やっぱりやめとく。最近弓道会もさぼっているから、体配とか細かくみられるとアウトな気がするし」

「私は受けるよ。弐段だし」

楓は弓道会の同期と初段を取得している。それから一年経つので、そろそろ弐段に挑戦してもいい頃だろう。

「ああ、初めてのやつばかりじゃ心細いだろうから、楓や善美も一緒に行くといい」

「だけど、ミッチー大丈夫かな。まだ全然中てることできないし。もうちょっと先でもよくない？」

カズが言う。カズとカンナもほぼ同時期に始めたのに、薄井だけは進度が遅い。

「初段は的中よりも体配の方が重視されるっていうから、大丈夫じゃない？　ミッチー、所作は完璧だもん。私より上手いかもしれない」

楓は薄井のことを見ているので、努力をしているのは知っている。それがあまり報われていないのも気の毒だ。

「体配をネットやＤＶＤで研究してるって言ってたな。まあ、それで射の方も上達するといいんだけど」

カズは自信があるので、薄井をちょっと下に見ているようだ。

「初段は落ちても一級か二級は取れるから、受けて損はない」

田野倉が保証する。弓道会では、初段を受けて落ちた人というのは聞かない。だから、その下に級があるというのは、楓も初めて知った。

「一級と二級って、どっちが上なんですか？」

「一級の方が上だ」

「段は数が多い方が上だけど、級は違うんですね？」

「何故かしらんが、そういう事になっている」

「弓道会では、初段取れない人はいなかったけど」

楓が初段を受ける時、まわりのみんなに『ふつうに練習していれば受かる』と言われた。当日的中しなかったけど、楓も一回でちゃんと合格している。

「まあ、そう思って油断しないことだ。学生だと結構落ちることもある」

「うわ、プレッシャー掛けないでくださいよ」

カズはわざと悲痛な声を上げる。楓は言う。

「カズよりも私の方が心配だよ。弐段の方が難しいんだから」

弓道会に熱心に来ている人でも、弐段の審査に落ちることはある。初段よりも審査が厳しくなるようだ。どの辺で合否が変わるのかは、楓にもわからなかったが。

「昇段審査はまた五月にもあるし、焦らなくても大丈夫だ」

田野倉は言うが、五月はそろそろ引退を考える時期だ。受験にも本腰を入れなければならないし、できれば高二のうちに取っておきたい。

「弓道もいいけど、今年は一七歳だし、プライベートでもいいことがあるといいな」

「一七か、アオハルだな」

「先生、そんな言葉知ってたんですね」

「そりゃ、若者と常に一緒にいるからな。で、アオハルって何を期待しているんだ？」

「そりゃ彼女ですよ。ねえ、賢人？」

「なんだ、賢人。好きな子でもいるのか？」

「ば、馬鹿。俺はそんな」

田野倉に言われて、賢人の顔はみるみる赤くなる。

「ふうん、いるんだ。だったら、早く告白した方がいいぞ。可愛い子はみんなが狙っているからな。早い者勝ちだ」

「余計なお世話です。それができるなら、とっくにしている」

「えっ、できない訳でもあるの？」

思わず楓が尋ねると、賢人の代わりにカズが答える。

「いろいろあるんだよ。ダメだった後の人間関係とかさ」

「ん、まあ、そうか」

ダメだった時、人数の少ない弓道部ではお互い気まずいかもしれない。それはなんとなくわかる。

「もう用がないから、私は帰る」

唐突に善美が言い出した。相変わらず空気を読まない発言だが、そう言われて、楓はほっとした。あまりこのメンバーで恋バナをしたくない。教師がいることもあるが、部活に恋愛を持ち込まれるのはなんとなく嫌だった。

「ああ、そうだな。いつまでもここにいても仕方ない。そろそろ帰ろうか」

田野倉もそう言ったので、みんなは駅に向かって歩きだした。急に日が陰って、風が冷たくなってきたので、自然とみんなの足が速くなる。駅までの短い道のりを、競うようにして歩いて行った。

9

三学期が始まると、あっという間に武蔵野地区の大会の日が来た。場所は明治神宮《めいじじんぐう》の中のある中央道場だ。ちょうど一年前、楓は初段の昇段審査を受けるためにここを訪れた。初段は無事に合格できたから、ゲンのいい場所である。それに出場選手が秋季大会や新人大会の半分くらいだ。なので、決勝進出のチャンスも高い。

「男子に続かなきゃね」

楓はカンナと善美に発破《はっぱ》を掛ける。昨日の男子は賢人とカズがそれぞれ三中と二中して予選を突破。決勝では四中ですぐに敗退したものの、予想以上の快挙だった。

男子の結果が物語るように、ここのところみんなの調子は上向きだった。練習量を増やしたことが如実に成果として現れてきたのだ。

楓自身も調子を上げていた。念願だった皆中もつい先週経験した。それまでは三中はあっても、皆中は一度もなかった。皆中を経験したことは、楓にとって大きな自信になった。白井さんは試合には立ち会えないが、「この調子でやれば大丈夫、きっとうまくいきます」と太鼓判《たいこばん》を押してくれていた。

「練習と同じようにやれれば大丈夫。落ち着いていこう」

部長として楓はみんなに声を掛ける。既に射場のすぐ前にいる。次に呼ばれたら、楓たちの順番だ。

「はい！」

カンナは素直に返事をするが、善美は黙ってうなずくだけだ。しかし、善美は注意するまでもなく落ち着きはらっている。

ほんとは私が一番上がってるかもしれないな。

楓は内心思う。だけど、最初の試合ほどではない。落ち着いているように見せることができるくらいは冷静だった。

大丈夫、深く呼吸をして。

楓は自分に言い聞かせ、呼吸に意識を向ける。お腹から吸って、吐いて。吸って、吐いて。そう、空気中の気を自分に取り込むように。

「次のグループ、こちらへ」

係の先生に促されて、射場の前に来る。三人立ちで五組が同じ射場に並ぶが、楓たちは最後尾だった。

ラッキー。この場所なら、弦音を聞き間違えることはない。

前回の試合で、楓はほかの人の弦音を善美のものと聞き間違えたために的中を無効にされた。今回はいちばん後ろだから、同じ失敗はしないだろう。

それだけで、楓の気持ちは楽になる。今回はきっとうまくいく、そんな予感がする。

まだ前のグループの射が続いている中入場して、射手の後ろに一列に並べられた椅子に座る。粛々と前のグループは射を続ける。楓のちょうど前に立った人は三中した。外れた一射も的のすぐ横、惜しい位置である。四射終わると、残身から弓倒《ゆだお》しをして執弓の姿勢を取り、すぐに退場する。

目の前の選手が好調なのは、悪い気はしない。自分もそれに続ける気がする。

うん、やっぱりここはいい立ち位置だ。

そう言い聞かせながら、楓は本座に着いた。

「始めてください」

係の先生の声がしたので、四本持ってきた矢のうち、二本を足元に置く。

落ち着いて。練習通りにやればいいんだ。

大きく息を吸って吐きだすと、足踏みをする。そして胴造り、つまり身体の縦線と横線を意識して、正しい姿勢を取る。

に。

身体の力を抜き、呼吸をお腹に落として。足の裏がしっかり地面を踏みしめるよう
楓は自分に言い聞かせる。姿勢を正しく作ることが、正しい射にとって大事なこと。それを意識してから中る確率が上がったので、それでいいのだと思う。既にその時
取り掛け、手の内、物見と、作法通りに行い、打ち起こしをする。既にその時には、前の方から弦音が聞こえてくる。

気にしない。早ければいいってもんじゃない。

自分に言い聞かせながら、楓はゆっくり引き分け、会の姿勢を取る。

うん、大丈夫だ。

自信を持って引いた矢は、まっすぐ飛んで的に突き刺さり、スパンと鮮やかな的中音がした。

中った！

思わず笑みが浮かびそうになったが、唇をぎゅっと嚙《か》み締めて表情を抑え、残身の姿勢から弓倒しをする。

まず一中。次の矢を番えていると、後ろのカンナは外したようだ。

さらに、間を空けて的中音が聞こえた。善美が中てたのだろう。

まず二中。今日の私たち、調子いいんじゃない？

そう思いながら次の矢を発したが、ほんのわずか二時の方向に矢は逸れた。

うん、悪くない、大丈夫。

楓は自分に言い聞かせる。楓につられたように、カンナも二射目を外した。善美は的中させる。背中で的中音を確認する。

善美、相変わらず絶好調。私も頑張らなきゃ。

縦横十文字を正しく意識して、最後までちゃんと引き切る。それだけを意識して引いた射は、見事に的を貫いた。

やった、これで二中。

続けて引いたカンナは外したが、善美はまたも的中。

次で最後。落ち着いて、悔いのない射をしたい。

だが、それで力が入ったのか、矢はわずかに的から逸れた。

ん、でも二中だからまあまあだ。いまのところ的中は五。あとはカンナか善美が中てれば、予選通過できるかもしれない。

大前なので、確認のために出口近くの係員のところに行くと、拍手が起こった。目を上げると、善美が退場してくるところだ。

拍手が起こったってことは、皆中ってこと？

点数ボードを確認すると、善美のところには綺麗に◯が四つ並んでいる。

私が二中で善美が皆中、ってことは……六中。ってことは、決勝進出の望みも出てきた。だいたい六中くらいが当落ラインらしいから。

係員のところで中りの数が六であることを確認すると、楓は射場を出た。出てすぐのロビーのところに、カンナと善美がいた。

「楓先輩！」

楓の顔を見て、カンナがすぐに近寄ってくる。

「すみません、私、一本も中らなくて」

「大丈夫だよ、善美が代わりに調子がいいし。次、進めるかもしれない」

楓は声を潜めて言う。周りにはほかの学校の選手たちもいる。落ちてがっかりしている選手もいるのだから、あからさまに嬉しそうな表情は見せられない。

「善美、絶好調だね。まさか試合で皆中するとは思わなかった」

楓が言うと、善美はちょっと首を傾げた。皆中しても、いつものように無表情だ。

「調子は悪くない」

「悪くないって、皆中じゃないですか。快挙ですよ」

「まだ、予選だし」

いつものように、善美は淡々として答える。

「だけど、決勝に進めるかどうか、いつわかるんだろう。誰が教えてくれるのかな」

楓は辺りを見回した。なんとなく前の試合で一緒だった顔もいる気がするが、定かではない。唯一交流のある西山大付属は武蔵野地区ではないので、今回は参加していなかった。

「おまえら、頑張ったな」

田野倉先生の声を聞いて、楓は我に返った。当番を抜けて来たらしい田野倉先生が来ていた。

「善美、みごとだった。俺は観的所のところにいたからわかったけど、的中した場所も真ん中近くに矢が揃っていた、楓が外した二本も惜しいところだった。カンナもだんだん試合にも慣れてきたようだし、みんな調子は上向きだ」

「それで、私たちは決勝に進めるのでしょうか？」

「わからん。この後の選手たちの成績次第だ。今回は六中が決勝トーナメントに進めるかどうかの当落ラインになるだろうな」

男子は五中で決勝進出できたそうだ。女子の方が参加者も多く、レベルも高いらしい。

「当落ラインだとどうなるんですか？」

「決勝に進めるのは八組。たとえば七中以上が五組いたら残りは三組。もし六中が三組以上いたとしたら、そのチームだけ集められて、決勝進出を懸けて競射を行う」

「競射ってなんですか？」

カンナが尋ねる。

「各自一射ずつして、的中の多いチームから上位になる」

「それでも、決着がつかなかったら？」

「何度でも、決着がつくまで繰り返す」

「うわ、それしんどいですね」

楓は思わず声が出る。

「そうだ。そういうしんどさに耐えられる人間だけが上位に行ける。弓道は精神力が大事って、そういうことだ」

精神力と聞いて、楓は不安になる。

プレッシャーに弱い自分は、その緊張に耐えられるだろうか。

個人戦ならいい。失敗しても自分の責任だ。だけど、団体戦はそうはいかない。たった一射でチームが負けたら、と思うと怖くなる。

「競射がないといいんだけど」

思わず口走る。

「ま、そうならないように祈っておけ。でも、たぶんやることになるだろうな」

それだけ言うと、田野倉先生は自分の担当の仕事に戻っていった。楓たちは、二階の控室に行く。既に試合を終えて、決勝進出の望みがなくなった人たちは、帰り支度をしている。楓たちは、空いた席に座った。

「ちょっと早いけど、お昼にしようか。時間がある時に食べとかないとね」

時計はまだ一二時より一〇分ほど前だ。特別昼休みのようなものはない。試合は休みなくずっと続いている。決勝に進めるかどうかがわかるのは一三時頃。競射があるかどうかはわからないが、その前に食事を済ませておかなければならない。

テーブルの上にそれぞれ持ってきたお弁当を広げる。楓はおにぎりと夕食の残りものの一口カツ、卵焼きとミニトマトをアルミホイルに包んでいる。朝早かったので、自分で作ったのだ。カンナはサンドイッチ、善美はいつものお弁当箱に、懐石料理かと思うような凝《こ》ったおかずが詰められている。海老《えび》フライや煮物、酢蓮根《すれんこん》、かまぼこなど、ひとつひとつがお弁当箱に上品に盛りつけられている。

「わあ、善美先輩、ゴージャスなお弁当ですね。自分で作ったんですか？」

「母」

善美は無駄な言葉を一切重ねない。簡潔な言葉で受け答えする。カンナと楓は慣れているので、特に気にすることもなく、おしゃべりをしていた。

「今回は西山大付属は出ていないね」

「神崎さん、お会いしたかったです」

カンナは神崎瑠衣のファンなので、残念そうだ。

「でも、うちより上位がひとつでも少ないのは、それだけ決勝に進めるチャンスってことじゃない」

「そうですけど、武蔵野地区にも強豪は多いですから。新人大会で西山大付属を破って優勝した都立南《みなみ》高校とか。ほら、あの角のところにいるのがそうですよ」

南校の選手は紫のハチマキをしているので、ひと目でそれとわかる。テーブルひとつでは収まり切れないくらい選手がたむろしていた。

何人いるのだろう。

楓が人数を数えると、一二人だった。強豪校だけに、チーム数も多いのだろう。予選敗退したらすぐに会場を出るように言われているが、同じ部の生徒が決勝に残っている場合は、応援のために残ることが許されていた。

「あの、真ん中のショートカットの小柄な選手、彼女が絶対的エースの牧野栞《まきのしおり》さん」

「よく知ってるね」

「弓道雑誌に載っていましたから。秋季大会でも新人大会でも個人戦優勝。一二月の全国大会では三位入賞の選手。まだ二年生ですけど、東京一強い女子高生だと思います」

「そうなんだ」

楓は改めて牧野を見た。小柄で色白で勝気そうだ。ハチマキの下のきりっとした眉が、その印象を強くさせる。決勝前だというのに、牧野は屈託なく周りと談笑し、何かおかしいことでもあったのか笑い転げている。

「素敵な方ですねー」

ミーハーなカンナは、うっとりとした目で牧野を見ている。善美はちらりと目をやったが、すぐに意識は弁当に戻り、出し巻卵の大きな一切れを一口で食べた。

「カンナは神崎さんのファンじゃなかったの？」

「もちろん神崎さんも素敵ですけど、牧野さんも素晴らしいですね。オーラがあるし」

オーラと言われても、楓にはぴんとこない。ごくふつうの女子に見えるから、同じクラスにいても全然目立たないだろう。

「牧野さんも、確か高校になってから弓道を始めたそうですよ。それで全国三位なんだから、才能があるんでしょうね」

「そうだね。東京一強いって、どんな気持ちなんだろうね」

「今日の大会なんて、どうってことないんでしょうね。今回は個人戦がなくて残念。あれば、牧野さんの雄姿《ゆうし》がもっと見られるのに」

この大会は個人戦はなく、三人立ちの団体戦だけだった。

「東京一の女子なら、見てみたいね。もし、予選通過できたら、そのまま残って決勝戦を見ても大丈夫だよね」

「たぶん。自分たちの出番が終わったら、すぐ観覧席に行きましょう」

楓もカンナも、決勝トーナメントに行けたとしても、六中ではギリギリのライン、すぐに敗退するだろう。自分たちの実力では勝ち上がれるとは思えない。

「だけど、競射って嫌ですね。決勝に行けるなら競射なしで進みたい。そうじゃなきゃ、予選敗退の方が気が楽かも」

カンナがつぶやいた弱気な言葉に、楓は何も言わなかった。だが、気持ちは同じだ。競射なんて、ほんと嫌だ。試合にも慣れてきたと思ったけど、競射をしたらまたあがり症が戻ってきそうだ。

できれば何もせずに決勝に行きたいなあ。

楓はお弁当の最後に残ったミニトマトを口にほうりこんだ。ミニトマトは思ったより酸っぱくて、食べ終わった後もその酸味がしばらく口に残っていた。


「結果が出た。やっぱり競射だ」

一三時を回った頃、控室に田野倉先生が来て、そう告げた。

「えー、嫌だな」

楓の口から本音が漏《も》れる。

「部長がそう言うな。士気が下がるだろ」

そう言われて、楓は口を閉じる。確かにその通りだ。

「競射をするのは何組なんですか？」

カンナが横から尋ねた。

「四組だ。落ちるのはうち一組だけ。だから確率は高いぞ」

「確率ですかー」

「何暗くなってるんだ。実力は拮抗《きっこう》してるんだから、うちだって行けるだろう」

「そうですね。今日は善美が調子いいし、カンナもだんだん調子がよくなるタイプだから、うちにもチャンスはありますね」

「なに他人事みたいに言ってるんだ。楓だって、試合に強いからなんとかなるだろ」

「試合に強い？　私が？」

　思いがけないことを言われて、楓はびっくりした。前回は追い越し発射をして、減点されたのに。

「前の試合でも今回も、練習の時より中っている。ってことは、試合に強いってことだろ？」

「ええ、まあ」

　確かに練習では五割も中っていない。なのに、今回二中ってことは、十分な出来だ。

「だから、自信を持て。悪い方に考えると身体が萎縮する。思うのは自由だから、自分はついている、自分は試合に強いと思ってのびのび引いた方がいい」

「思うのは自由、ですか」

「そうさ。楓はもっと自信を持て」

「自信……だけど、善美みたいに才能がある子がいると、自分なんてまだまだだと思ってしまうんです」

「才能？　才能なら楓の方がある」

それまで黙っていた善美が突然口を開いた。

「えっ、どういうこと？」

「楓の方が背が高い。腕も長い。だから、大きく引けるし、残身も美しい。これは持って生まれたものだから、自分はかなわない」

善美は自分のことをそんな風に思っていたのか、と楓はびっくりした。同じ時に始めたのに、善美の方が上達は早い。だから自分のことなど眼中にない、と思っていた。

「善美の言う通りだ。身体的な条件は楓の方が上だ」

「だけど、目に見えるものではなく、たぶん身体感覚とか目の使い方みたいなところで、善美の方が上回っているんじゃないですか？」

楓は思わず言い返した。

才能って、そういう特別なことを言うんじゃないだろうか。じゃなきゃ、同じことをやっても突出して上手い人がいる理由がわからない。

「善美と比べてどうする。うらやんだところで、それが自分の身に着くのか？」

「えっ？」

「自分は自分。身長を変えられるわけでもないし、身体感覚を変えることもできない。だったら自分と向き合い、自分にできるベストの射をするのが弓道というものだろう」

「たのっち、いいこと言う」

　重い空気を変えようとしたのか、カンナがからかい口調で言う。

「こら、仮にも教師だぞ。面と向かって、たのっち呼びはやめろ」

「すみません」

　カンナはペロッと舌を出した。

「楓は周りを気にしすぎる。周りを基準にしてしまうと、自分の軸が定まらない。他人なんて、言うことがころころ変わるからな。それでいて、自分の人生に責任を取ってくれるわけでもない。自分に責任が取れるのは自分だけ」

「人生って、大げさな」

「そんなことはない。小さなことで他人の目を気にしてるやつが、大きなことだけ自分自身で判断できるのか？」

田野倉が何気なく放った言葉に、楓はショックを受けた。その通りだと思ったからだ。

小さなことさえできないのに、大きなことならなおさらできるはずがない。

「他人のことなんかどうでもいいんだ。自分は頑張っている。善美と進度は違うかもしれないが、確実に上達している。そこだけにフォーカスすればいい。自分で自分のことを認めてやらなくて、誰が認めてくれる？」

それを聞いた瞬間、楓はなぜか泣きそうになった。自分で自分を認める。それが自分にはできていないのかもしれない。だが、こんなところで泣くわけにはいかない。

唇をぎゅっと嚙み締めて、感情があふれるのを抑える。

カンナも何か思うところがあったのか、真面目な顔で黙っている。

「さすが教師」

ぽつんと言ったのは、意外にも善美だった。

「その通り、俺も教師だからな。たまには教師らしいことも言う。楓、もっと自信を持て。自信っていうのは、自分を信じるって書くんだぞ。自分がいちばん自分を信じてやるんだ」

「はい」

楓は視線が上げられなかった。目が潤んでいるだろうと思ったからだ。

その時、館内放送が聞こえてきた。

『競射に参加するチームは、至急一階ロビーに集合してください。参加チームは南高校Bチーム、武蔵野西高校、国分寺北高校、西荻高校……』

「いけない、しゃべり過ぎたな。すぐに準備をして、一階に行け」

「はい」

三人はカケと替え弦を手に立ち上がった。楓の頭の中は、田野倉に言われたことでいっぱいだった。


「入場してください」

係員に促され、射場へと進む。楓たちは出場チームの中で二番目だ。入場すると、いったん用意された椅子に座る。射場の様子がよく見える。観覧席には、教師に交じって胴着姿の人たちもいる。

「これから競射を始めます」

合図と共に立ち上がり、本座に着く。揖をして射位に進み、胴造りをする。持っていた四本の矢を足元に置くと、楓はそこで大きく息を吐いた。

自分に自信を持て、か。

それはその通りなんだけど、緊張するのはどうしようもない。

ゆっくり打ち起こして、弓を引き分ける。

引き絞ってゆっくり離そうとしたが、少し早く矢が離れた。

しまった、と思ったが、矢は無情にも的の少し下に突き刺さった。

続くカンナも外れ、善美だけ的中させた。

一中だ。結果はどうなるだろう。

看的表示板を見る。〇が二つは二校、〇ひとつも二校。

「南高校Bチーム、西荻高校は決勝進出です。退場してください」

競射は勝者が決まるまで続く。残ったのは、楓たちと国分寺北高校の選手たちだ。

決勝に進めるのは、あと一チームだけ。

「始めてください」

楓は自分の手が少し震えているのに気が付いた。いつもは簡単にできる矢番えが、うまくできない。弦になかなか矢の筈がはまらない。

落ち着いて、と唱えているうちに、後方から弦音がした。続いて聞こえたのは的中音ではない。安土に刺さったようだ。

緊張しているのは、みんな同じ。私だけじゃない。
大きく息を吸い、吐き出す。
ここのところ、調子はいい。自分を信じて、自分の射を行うのみ。
思い切って引いた矢はまっすぐ飛んで、ガシャというような的枠に中った音がした。
ぎりぎり的に中ったか？　それとも的枠外か？
揖をしながら横目で看的表示板を見る。
無情にも×がついている。
ぎりぎりアウトだったか。
しかし、続くカンナと善美が的中させ、二中となった。
国分寺北は、中の選手は的中させたが、落ちの選手は外した。
「武蔵野西高校二中、国分寺北高校は一中。決勝進出は武蔵野西高校です。退場」
淡々とアナウンスがあり、選手たちは退場した。
表情を消して、すました顔で退場する。しかし、一歩外に出ると、思わず声が出た。
「あー、緊張したー」

「私も。でも、よかったです、これで決勝進出ですね」

善美はいつもと変わらない無表情だ。

「ごめんね、大前なのに外しちゃって」

「えっ、楓先輩外したんですか？　的中音がしたから、てっきり中ったと思って」

「的枠に中ったみたい。ぎりぎりアウト」

「えー、そうだったんですね。私、楓先輩が中ったと思ったから気が楽になって、いつも通り引けたんですよ」

「じゃあ、勘違いでうまくいったってこと？」

「勘違いでもなんでも、ツキがうちの方にあったってことですね」

「そっか、そうだよね」

楓たちが話していると、すぐ傍に係員が立って告げた。

「これから決勝を行います。対戦はホワイトボードに書かれているトーナメント表を見てください」

予選は全員が四射した合計の数の多いチームから順位付けされたが、そこで選ばれた八チームはトーナメントで対戦する。

「うちの相手はどこ？」

ホワイトボードに群がった選手の後ろから楓が覗き込む。

「わ、南高だ」

都立南高校は決勝に二チーム出場している。一チームは予選でも一緒だった。そちらはBチームだった。今回の対戦相手は南校Aチーム。

「え、私たちの対戦相手って、牧野さんのいるチーム？」

楓は小声で隣にいたカンナに聞く。

「ああ、そうなりますね。私たち予選を八位通過でしたから、一位と対戦になりますね」

決勝トーナメントは一位対八位、二位対七位、三位対六位、四位対五位で行うとあらかじめ説明されていた。八位の楓たちの対戦相手は一位通過した南校Aチームになる。

「はあ、試合やる前から結果が見えているような」

「こら、ネガティブなことは言うな」

振り返ると、田野倉がにらむようにして立っている。

「わ、びっくりした。先生、いつの間に」

「決勝は介添えが必要だからな。替え弦と矢をよこせ。俺がそれを持って、試合中も

う。

三人は持っていた弦巻と矢を田野倉に預けた。受け取ると、田野倉は神妙な顔で言

「おまえら、言霊《ことだま》って知ってるか？」

「ええ、なんとなく」

「言葉にも霊が宿る。言葉に出したことは現実になるって言うだろ。だから、うかつに悪いことを口にしたらいけない」

「だけど、現実はそうじゃないですか。私たちが南高にかなうわけがない」

相手チームには全国三位も所属している。実力は自分たちより絶対に上だ。

「あのな、南高にはかなわない、そう口にしたら、それが自分の中の真実になる。そう思っている限り、絶対に南高にはかなわない。勝ちそうになると、そんなはずはない、って萎縮して、実力が出せなくなるんだ」

「そんなバカな」

「いや、人間には自分にとって心地よい真実がある。それをコンフォートゾーンって言うんだが、自分の弓道はこれくらいと決めつけたら、その範囲の成績にいるといちばん気持ちが落ち着く。そこをはみ出たら……それより上位でも下位でも同じだが、

それは自分らしくない、と思ってしまう。上位に行ってもまぐれだと思うし、勝っても安心できない。そうなると、力は発揮できない」

「……よくわかりません」

楓は正直に言う。勝っても安心できないって、どういうことだろう。

「いま詳しく説明している時間はないな。ともかく南高であれ誰であれ、負けるとかネガティブなことは思うな。口にするな。相手だって高校生だ。勝てるチャンスはある、と無理にでも思いこむんだ。そうすれば道は開ける」

「今日の先生は先生らしいですね」

「馬鹿、俺はいつだっておまえらの教師だ。とにかく気合負けするな。明日に繋《つな》がる試合にしろ」

明日に繋がる試合。それはいい言葉だ、と楓は思った。

田野倉先生の言葉の意味は半分くらいしかわからないが、ネガティブなことは、考えることもしない方がいいらしい。南高に勝てると思うのは不自然だ。だけど、明日に繋がる試合という言葉はとてもいい。勝ち負けではなく、そういう試合をしよう。

「第一射場南高校Aチーム対武蔵野西高校、第二射場川北学園対南高校Bチーム、集合してください」

名前を呼ばれた。南高の牧野選手が、品定めするようにちらりとこちらを見た。思わず気おくれしそうになったが、『同じ高校生だ』と言う田野倉の言葉を思い出した。そう、対戦相手が誰でも同じ高校生には変わりない。自分は自分、明日に繋がるような試合をするんだ。そう唱えながら、楓は前方に進んで行った。

決勝トーナメントの射場は、しんと静まり返っている。みんなの視線が予選とは違う。息を殺すようにしてこちらに注目している。

それを意識した瞬間、あがりそうになったので、楓は大きく息を吸い、吐き出す。

結果はどうであれ、いまの自分らしい射ができればいいんだ。

「始めてください」

楓は足元に矢を二本置き、矢を番える。

鼻から吸った息が、お腹から足の裏まですっと通るような意識を持つ。さらに、天井から吊るされているような気持ちで身体をまっすぐにする。

うん、いい感じだ。この感じをつかめれば、きっと大丈夫。

すうっと力みなく弓を左右に引くと、矢はまっすぐに飛び、的の真ん中あたりを射抜いた。

よし一中。次は第二射。後ろの音をちゃんと聞いて。まずカンナの弦音、それから善美の弦音。自分もそれに続く。

ふたりにテンポを合わせて二射目を放ち、続いて三射目、四射目。

さらに矢を番えようとして足元を見、すでに四射終わっていたことに楓は気づいた。

あれ、もう終わっている。

楓は揖をし、後ろに下がって用意された椅子に座る。

カンナが射を終え、戻ってくる。四射目は的中しているようだ。続いて善美も的中させた。皆中だ。大きな拍手が起こっている。

えっと、私は何本中てたんだろう。あれ、結構○が多いや。

看的表示板にはこれまで見たことがないくらい○が並んでいた。南高も○が多いが、自分たちのチームも負けていない。

えっと、×の数は私がひとつ、カンナが二つ。全部中れば一二中でそこから三引くと、九中したってこと？

思わず見直して、数え直す。

間違いない。九中もしている。

射場にいる選手が全員射を終えたので、的中数の確認が行われている。

楓は南高の的中数を確認する。

えっと、こっちも×の数は三つ。ってことは同点？

楓は思わず隣のカンナを見る。カンナも驚いた顔でこっちを見返す。

同点だとどうなるのだろう。会場が微かにどよめいている。

「第一射場、南高Ａチーム九中、武蔵野西高校九中。同中ですので、引き続き競射を行います。選手は矢を受け取ってください」

また競射か。

楓は大きく息を吐く。

嫌だとかネガティブなことは思わない。ここまでこれただけでも立派。南高と対等に試合できるなんて、我々もなかなかやるじゃん。

選手の後ろに控えていた介添えの田野倉先生が矢を持って、楓たちに渡す。何かアドバイスをしてくれるのか、と思ったが、何も言わず、ただ目を合わせてうなずいた。

私は試合運がいい。

田野倉先生の言う通りだ。三中できるのは練習でも調子のいい日だ。今日は調子がいい日のはず。

自分に言い聞かせて、こみあげてくる緊張感を抑える。そして大きく息を吐き出す。

さっきのような感覚で、吸った息を足の下まで下ろすように。

そうすると、足をしっかり踏みしめている感覚がある。大地と自分が繋がったような感覚だ。

よし、これで大丈夫。

「始めてください」

係員の合図で楓は弓を引く。まっすぐ飛んだ矢は、的のど真ん中を射抜いた。今日いちばんの会心の一射だ。

そう、これだ、これが自分の射だ。

楓は思わず笑みを浮かべそうになり、慌てて表情を押し殺した。

いけない、試合中だった。

続くカンナは十時の方にわずかに外れ、善美はまたも的中させた。

二中。まあまあだ。相手はどうだろう。

看的表示板を見る。○三つ。

さすがだわ。ここ一番で全員的中させるのは、やっぱり優勝候補。

「第一射場、南高Aチーム三中、武蔵野西校二中。よって勝者は南高Aチーム」

期せずして会場に拍手が起こった。弓道の試合は静かに行われるから、拍手は滅多に起こらない。

やっぱり決勝は違うんだな、と思いながら、楓は拍手を背に射場をあとにした。

「終わったー、私、足ガクガクです」

カンナが悲鳴のような声を上げる。

「うん、だけどうちら、よくやったよね。カンナも試合でちゃんと二中しているし。やっぱり尻上がりに調子がよくなるタイプだね」

「いえ、私はまだまだ。先輩たち、あの緊張する場面で的中させられるなんて、すごいです」

「そんなことないよ、たまたまだよ」

「あの、ちょっといいですか？」

声の方を振り向くと、南高の牧野だった。

「なんでしょうか」

「今日はありがとうございました。そちらと対戦するのは初めてですが、いい試合ができました。特に、真田さん」

牧野は善美の方を向いた。善美はいつものように無表情だ。

「真田さんは予選からすべて皆中ですね。そんなすごい選手が同じ東京にいるのは嬉しいです。握手してもらってもいいですか？」

善美の横にいる楓は、ただ驚いていた。善美が皆中だったことに。牧野の率直な態度にも。ずっと緊張していて、善美の成績までは思い至らなかった。

善美は小さくうなずくと、右手を差し出した。牧野は嬉しそうに右手を握りしめる。

「次は関東大会予選ですね。そこでまた皆さんと戦えるのを、楽しみにしています」

それだけ言うと、牧野はお辞儀をして、仲間たちのところへ戻って行った。

あっけに取られた楓とカンナはその背中を黙って見送る。

「なるほど、ライバル宣言か。さすが牧野だ」

後ろから声がする。田野倉先生だ。

「先生、見ていたんですか？」

「もちろん、いやー、いいもの見たわ。アオハルだわ」

「茶化さないでください」

「まあまあ、おまえら、ほんとよくやった。南高相手に九中するって大したものだ。

ほかの先生方も感心していたぞ。あの拍手、聞こえただろう？」

「拍手って、あれ、私たちに？」

「そうだ。惜しくも敗れはしたけど、新設の弓道部が絶対王者に食らいついたんだからな。ダークホースが大健闘だって。特に善美は裏でも大評判だ。この大会、もし個人戦もあったら、牧野ではなく善美が優勝したんじゃないか、って言ってる先生もいるくらいだ」

善美は無表情で頭を振りながら言う。

「今日はたまたま調子がよかった」

「調子がよければここまでできる、それだけの実力があるってことだ。ほんと、よかったぞ」

「ありがとうございます」

善美の唇が少し緩んでいる。やはり嬉しいのだろう。

「楓もカンナもよくやった。ふたりとも、尻上がりに調子がよくなった。決勝トーナメントの緊張する場面で、三中と二中は立派だ。競射でも頑張った。あの拍手は、善美だけじゃない、おまえたち全員の健闘を讃えているんだ」

田野倉の言葉に、楓はようやく喜びが込み上げてきた。

今日はとてもいい日だった。緊張はしたけど決勝トーナメントに進めたし、自分らしい射ができた。

「最後まで見ていくか？」

「はい、私は見ていきたいです」

「私も」

善美も黙ってうなずいた。

「じゃあ、先に荷物をまとめて帰る支度をしてから、観覧席に行くように。俺は係の仕事があるからここで解散」

「ありがとうございました！」

楓とカンナは声を揃えた。善美も小さな声でそれに合わせていた。

10

「遅くなってごめん」

試合の翌日、掃除当番だった楓は、部活に来るのが遅れた。着替えを済ませて屋上に着いたのは、いつもより三〇分以上遅かった。誰かが遅れても、通常は先に練習を始めているものだが、その日は違った。屋上の扉を開けた瞬間、みんなが固まって立っているのが見えた。まだ的も置かれていない。

楓の声を聞いて、みんな一斉に振り向いた。

「どうしたの？」

「いや、別に。昨日の試合のことを話していたんだ。善美が凄かったんだって？」

カズがみんなを代表して答える。だが、なんとなく言い方がわざとらしい。

「うん、そう。だって連続一一射、皆中だよ。あれ、賢人は？」

「今日は体調不良で休みだって」

その場には、賢人以外の全員がいる。賢人が部活を休むのは珍しい。

「一昨日の試合で疲れたのかな？　男子も予選突破したでしょ。大健闘だもんね」

「違うんです。昨日私、賢人くんからつきあってほしいと言われたんですけど、断ったんです。それでたぶん気まずいと思ったんじゃないでしょうか」

カンナが悪びれずに言う。カズの方がばつのわるい顔をした。

「そんなこと言わなくても」

「だって、ほかのみんなは知ってるじゃない。どうしてふったんだ、とカズがみんなの前で聞いたから。楓先輩にだけ内緒にしなくてもいいでしょう？」

「ええ、それはありがたいけど……」

　自分としては、カンナに直接説明されてみんなが気まずい思いをするより、あとから誰かに教えてもらう方が気も楽だったのに。

「別に賢人くんが嫌いとかではないんです」

「じゃあ、なぜ？」

「賢人くんはいい人だと思います。高校時代に誰かとつきあうのも楽しいんじゃないかと思いますし、賢人くんなら悪くない。だけど私、遠距離恋愛は嫌なんです」

「遠距離恋愛って？」

　思わず聞き返す。楓には意味がわからない。同じ高校なのに。

「私、アメリカの大学に進学するんです。だから、つきあってもすぐに別れることになる。そんなの嫌じゃないですか」

「えっ、そうなの？」

　思わず大きな声が出た。みんなは既に聞いたのだろう。驚いた様子もない。

「はい、実は夏休みにアメリカに行ったのは、向こうの学校のサマースクールに参加する目的もあったんです。実際にキャンパスに行ってみて、やっぱり行くなら向こうの大学だな、って確信したんです」

「そうなんだ。だけど、二年近く先の話じゃない。それなら別につきあってもかまわないんじゃない？」

二年後なんて、うんと先の話だ。別に遠距離恋愛じゃなくても、大学進学で別れるカップルはいる。先のことを考えて断るなんて、そこまでしなくてもいいのに。

「そんなに先じゃないかもしれない。私、自分の英語力で大学の授業についていけるか不安があるんです。なので、今年の夏に向こうに渡って、向こうの高校に編入するのもいいかと思っているんです」

「えっと、夏っていうことは、あと半年ちょっとってこと？」

「はい。アメリカの新学期は九月スタートなので、こちらが夏休みになる段階で向こうに行こうと思っています。こちらを三月に卒業してからだと、どうしても半年ブランクができてしまう。高二のうちに渡米しておけば、そのブランクはなくて済む。それに、高校で友だちも作れると思うし。アメリカの祖父にはそう勧められました。両親は早すぎると反対してますが」

楓には考えてもみなかった進路である。だが、母がアメリカ人だというカンナには、ごく当たり前の選択なのかもしれない。

「なんで日本じゃダメなの？」

「ダメって訳でもないけど……日本はちょっと息苦しい」

「息苦しい？」

「弓道部の皆さんとつきあってる時はいいんですよ。でも、クラスメートと話している時は、どことなく緊張している。みんながどう思うか、この場ではどう答えるのが正解なのか、常に考えているから。そういう状態がこの先ずっと続くのは、つらいなあって」

「アメリカではそういう事はないの？」

「アメリカのすべてがいい訳じゃないですよ。人種差別もあるし。日本ほどではないけど、女性蔑視もないわけじゃない。だけど、あっちの方が深く息を吸える」

カンナは遠い目をしている。楓にはなんとも言えない。いまの環境しか知らないから、何かと比べることはできない。それが当たり前の日常だから。

みんなも黙っている。カンナのそういう気持ちに立ち入ることはできない。説得して変わるというものでもないとわかっているからだ。

「私はてっきりカンナは日本の大学で、日本の文化を研究するのだと思っていた」

楓が言うと、カンナはにやりと笑った。

「それは趣味ですし、ライフワークですから、大学じゃなくてもできることです」

「大学でやりたいことってあるの？」

「まだ漠然としているんですが、私自身が英語と日本語の両方を学ばなければならなかったので、人はどうやって言語を獲得していくか、ということを知りたいんです。言語の習得能力って人によって差がありますよね。それがどうしてなのか、習得が早いひとはどこが優れているのか。どういう条件に置かれたら効率よく言語を獲得できるか、ということを研究したい。それがわかれば、もっと楽に言語を習得できると思いますし」

「それって……言語学ってこと？」

「いえ、教育学です」

「すごいね」

実体験からちゃんとやりたいことをみつけている。日頃は日本文化オタクみたいな軽いキャラを演じているけど、内面は自分よりはるかに大人でしっかりしている。

「行きたいと思っている大学には、そういう研究を専門にしている教授がいるんです。レベルは高いですけど、そこを目指すつもりです」

そんなふうに思うようなものは、私にはない。

「部活はいつまで続けるの？」

ふいに善美が質問した。話にはまるで無関心という態度だったが、しっかり聞いていたらしい。

「もし向こうの高校に編入するとしたら、夏休みまでですね。八月の東京都個人選手権は月末だし、それには出られるかどうか。四月の関東大会の予選までかもしれません」

「じゃあ、私たちと同じか」

善美の答えを聞いて、楓はハッとした。

「待って、それだと半年後にはまた女子部員がいなくなるってわけ？」

今現在男子三名女子三名のぎりぎりの人数でやっている。男子は二年の賢人たちがふたり残るけど、女子の二年はカンナだけなのだ。カンナがいなくなると、未経験者ばかりになってしまう。

「そうならないように、新年度は新入生の勧誘を頑張りましょう。特に女子の方を」

たとえ新入生が入ったとしても、経験者が入るとは限らない。賢人たちがいるからなんとかなるだろうけど、女子まで見るのは大変だ。

せっかく復活させた弓道部なのに、もう黄信号がともっている。

不安げな楓の心中を察したのか、カンナは力強く言う。

「それまで、できるだけのことはやりますよ。在籍している間に、しっかり後輩の面倒もみますから。まずは、来月の昇段審査を頑張ります！」

「ああ、そうだ。次は昇段審査だね」

「さあ、練習始めましょう。昇段審査まであと二週間しかありませんから」

カンナに言われて、みんなは縛りが解かれたようにのろのろと動き出した。だが、カンナの投げた言葉の重さに、身体まで重くなったようだ。カンナだけは言うべきことを言えたというように、すっきりした顔で準備を始めていた。

ほんと、どうしたらいいのかな。

迷いながら練習をしていたので、楓はその日、おかしな方向に矢を飛ばしてしまった。矢は的の周りの畳から外れ、畳を支えている板とコンクリートの間に突き刺さった。引っ張ったらすぐ抜けたが、矢尻つまり矢の先端についている金具が板にめりこんで取り出せない。

「こりゃ、矢尻替えるしかないか。善美、矢尻の替え、持ってる？」

「持ってない」

善美が持っていないとしたら、誰も持っていないだろう。賢人は今日、来てないし。

「仕方ないね。弓具店に行って修理してもらうよ。矢羽根も傷んでいるんで、この際直してもらう」

「弓具店に行くんですか？　じゃあ、ご一緒してもいいですか？　いくつか買いたいものもあるし」

カンナが言うと、薄井も続く。

「僕も一緒に行っていいかな。自分用のカケを買おうと思うんだ。定期テストの順位が上がったから、親が買っていいって言ってた」

「俺も行こうかな。お年玉貰ったから、新しい弓が買いたい」

カズは前からもっと強い弓が欲しいと言っていた。審査前に買い替えたいのかもしれない。

「じゃあ、みんなで弓具店に行く？　今度の土曜日、練習終わってからでいいかな？」

「うん、そうしよう。賢人は行くかな」

カズはそれを口にした途端、はっと気づいたように、気まずい顔になった。なぜ今日賢人が休んでいるかを思い出したからだ。

「あとで俺、聞いておくわ。来ないかもしれないけど」

取ってつけたようにカズが言い足す。カンナはふと笑ったが、それ以上は何も口にしなかった。


「ただいま」

楓が帰宅すると、母が先に帰っていた。キッチンで夕食の用意をしている。

「今日は楓の好きなチキン・マカロニグラタンだよ。ほうれん草とゆで卵もたっぷり入ってる」

「そう」

「あれ、嬉しくないの？」

「嬉しいけど、ちょっと考えごとしてててね」

子どもじゃあるまいし、好きなおかずだからって、大喜びする訳ないじゃん。こっちは悩みがあるっていうのに。

「そう言えば、学校から三者面談の連絡が来ていたね。進路についての相談だと思うけど、楓は行きたい方向、見えて来た？」

また、その話か、と楓はうんざりする。

「文系ってことは決まってるけど、行きたい大学とかはまだない」

「そろそろ決めなくちゃね。三者面談でも聞かれるよ」

そんなことわかっている。そろそろ志望学部だけでも決めなきゃいけない。それができないから、悩んでいるのに。

「おかあさんはさ、どうして薬学部に行こうと思ったの？」

「それは、薬剤師の資格が取れると思ったから」

即答だ。それは以前にも聞いたことがある。

「じゃあ、なぜ薬剤師だったの？　教師とか弁護士とか医者とか、資格が取れる学部はほかにもあったでしょ？」

「そうね。偏差値的に行けるかって問題もあったけど、もともと私、実験が好きだったの」

「実験って？」

「でんぷんにヨウ素を加えると色が青紫に変わるとか、ああいうの」

「それって、小学校の理科でやったやつ？」

「そう。まるで魔法みたいじゃない？　でも、ちゃんと理論の裏付けがある。それが楽しいな、って小学校の頃から思ってた。高校の化学の授業でさらに深く理論を知って嬉しくなって、こういうことをもっと勉強したいって思ったんだ。で、化学を学べる学部にしたかったんだけど、女の子が理系に行くってことには当時はまだ偏見があったの。だから、親を説得するために、薬剤師の資格を取ると言ったわけ」

「じゃあ、薬剤師ってのは後付け？」

「そうも言えるね」

母はにやりと笑った。いつもの母親然とした感じではなく、いたずらを見つかった子どものような顔だ。

「そうか、そんな風に好きなものがあるといいね」

楓は深く溜め息を吐いた。自分は、学校の授業でそんな風に思ったことはない。面白いと思う授業もあるし、得意科目もある。だけど、何かを突き詰めたいというほどその科目が好きかと言われると、あまりぴんとこない。

「そんなに深く考えることはないよ。楓は好きなものはないの？」

「いまは……弓道を上達させることで頭がいっぱい。あとは音楽も好きだけど、それで将来に繋がる何かをしようとは思わないし」

Ｋ－ｐｏｐ好きな友人は、韓国語を学べる大学に行く、と言っていた。自分もいろいろ聴くが、そこまで好きというほどではない。

「弓道からでも大学進学に繋がるものはあるでしょ？」

「弓道推薦《すいせん》とかそういうこと？　そこまでうまくはないよ。スポーツ科に行くほど運動好きでもないし」

「そういうことじゃなくて、興味の広げ方の問題。たとえば、弓道の歴史を深掘りするとか。鉄砲以前の時代は、弓が上手って大事だったんでしょ？」

「弓馬《きゅうば》の家って言って、馬に乗って弓を引くっていうのは、武士の誉《ほまれ》だったと聞いている」

「私が知ってるのは、那須与一《なすのよいち》の話とかね」

「那須与一って？」

「源平の戦いの時、平家が軍船に扇の的を立てたの。源氏側に、これを射てみよ、と言わんばかりに。かなりの距離があって、波に揺られて的は動いていたけど、那須与一という源氏方の若者が見事にそれを射抜いたって話。それで源氏方が勢いづいたとか」

「知らない」

「有名な話だけどね。『平家物語《へいけものがたり》』にも載っていて、確か、高校の古文で習ったよ」

「だったら、歴史というより古文じゃない」

『平家物語』は史実ではない。史実を元に、琵琶《びわ》法師《ほうし》たちが語り継いだ物語をまとめたものだ、と古典の先生は言っていた。

「なんでもいいよ。そうやってちょっとした取っ掛かりでも、自分の興味に繋げていけば。そういうの、ないの？」

「ああ、そういえばこの前、弓道にまつわる言葉っていうのをみんなで出し合った。神社の列を待つ暇つぶしだったけど、結構面白かったな」

「へー、どんなの？」

「射止めるとか、白羽の矢が立つとか、的中とか。結構いろんな言葉があるのでびっくりした」

「弓道は歴史が長いだけに、弓道由来の言葉も多いってことだね」

「うん、暇つぶしだったので途中でやめたけど、もっと知りたくなった。自分でも気づかずに、弓道由来の言葉を使ってたんだね。日本語って面白いね」

「じゃあ、そういうのもいいじゃない、語源を調べるっていうのも。あなた、国語は昔からわりと得意だったし」

「語源？」

「そう。案外ふつうに使ってる言葉でも、何かに由来している言葉って多いよ」

「ああ、そういうのを勉強するのは、ちょっと楽しいかも。そういうのはどこの学部になるの？」

ちょっと前に『気』という言葉について、母から話を聞いた。気づかず使っている言葉でも、語源を考えると新たな発見がある。

「言語学になるのかな？　文学部かな？　自分で調べてみたら？」

「うん、そうしてみる。だけど、それで資格取れるのかな？」

自分はすごい読書家というわけではないので、文学部はダメだと思っていたけど、語源とか、言葉に関して調べるのは面白そうだ。

「資格とかそういうことは、あとから考えればいいの。まずは興味のあることを学んで、就職はそこから繋げて考えればいいんだから」

「あれ？　おかあさん、前と言ってることが変わってない？」

「資格から考えて学部を選ぶというのは、ひとつの方法。特にやりたいことがなければ、それで選ぶのは効率的だよ。あなたが選ぶ基準がわからないみたいだったから言ってみたけど、何より大事なのはそこで学びたいことがあるかどうかってこと。資格が取れるから入学してみたけど、さっぱり興味が持てないのでも困るしね」

「そうだね。ありがとう」

「だけど、大学行くなら、ちゃんと勉強もしてね。弓道ばかりでは大学受からないよ」

それは余計だ、と思ったけど、楓はなんとなく肩の荷が下りたような気がした。そんな簡単なことでもいいのか、と。言語学について、大学でどんなふうに扱っているか、調べてみよう、と思った。

11

「俺が指導するより、おまえの方がいいよ。おまえ、弐段持ってるんだろ？」

「弐段くらいじゃ、たいしたことありませんよ」

「俺よりはましだ。俺は無段だからな」

賢人が田野倉先生と話している。平日の練習終わりだ。今日は珍しく田野倉先生が最初から最後まで練習につきあった。というか、暇だったので、自分も弓を引きたかったらしい。いい調子で弓を引き、四割くらいは的中させていた。

「おまえ、今回受けるのか？」

「俺は受けません。参段は難しいって聞いてるんで。学科受けるのも面倒だし」

「だったら、いいじゃないか。おまえがやれ。経験者がやった方が絶対いい」

「賢人くん、審査受けないなら、私たちの指導をしてくださいよ。私たち三人は初めて受けるんですから」

カンナが無邪気に頼む。賢人は一日だけ休んだが、翌日には復帰した。何事もなかったように、カンナともほかの部員とも接している。みんなも彼の心情を思いやって、いつも通りに応対している。

「いいけど、初段なら、普通にやってれば落ちることはないよ。うちの弓道会で初段落ちたっていう話は、聞いたことがない。なあ、楓？」

「うん、受ける時はめちゃめちゃ緊張したけど、初段はそんなに厳しくないみたい。弐段だと、一度くらい失敗する人はいるみたいだけど」

「矢が幕に中ったり、掃《は》き矢になったりしなければ、初段は大丈夫だと思う」

掃き矢とは、矢が矢道を擦って安土に届くことを言う。去年始めた三人もちゃんと上達しているので、幕打ちや掃き矢になることは滅多にない。

「弐段はどうなのかな？　私たちも受けたことないので、どんな感じかわからない」

段位が上がるほど、審査も厳しくなるだろう。自分はちゃんとできているだろうか。不安を隠せない。

「一度で受からなくても次がある。年に四回もあるんだから、受け続ければ、どこかで引っ掛かるだろ。それに、段位取らなくても、試合には関係ない。試合で優勝するようなやつでも、段位を持ってないことだってざらにあるからな」

田野倉先生はお気楽そうだ。

「だったら、審査なんか受けなくてもいいのかな。学科の審査もあるんだよね？」

カズはめんどくさそうだ。

「どうせなら、みんなで合格しましょうよ。段位持ってた方がカッコいいし」

「取っておけば、高校のうちに弓道をやった証になるしね」

カンナと薄井はやる気だった。カズはそれを聞いてもあまりこころを動かされていないようだ。

「審査のために時間使うより、関東大会の予選に向けて練習した方がいいと思うんだけどな」

と、ぶつぶつ言っている。

「とりあえず、一度は受けてみろ。初段はダメでも不合格ってことはない。なにかしら級は必ずもらえるから」

田野倉が言うと、「それならいいけど」とようやく納得したようだ。

「体配の練習は、ほんとはちゃんとした弓道場でやれるといいんだけどね」

楓は言う。こういう時、弓道場がある学校は有利だ。体配は弓を引く時の射形以外の動作全般を言う。歩き方、立ち方、座り方、身体の向きの変え方、礼の仕方などだ。初弐段の場合は中る中らないよりも射や体配の基礎ができているかを見られる、と先輩には言われた。

「私、ちゃんと教えられるかな。むしろ私の方が体配を教えてもらいたい。こういう時に白井さんがいてくれるといいんだけど」

白井は家族が入院したので、二月中は指導には来られない。関東大会の予選に間に合うように、三月には復帰すると言われている。

「しょうがないね、俺らでやるしかない。市の弓道場も借りて練習しないといけないね」

「だけど、市の弓道場も貸し切りにはできないぞ。ほかの人がいるところで、体配の練習がちゃんとできるかな。それに、段位持ってないと、使用許可を取るのは手間が掛かる」

「そうか。だったら、空き教室でやるしかないかな」

「じゃあ、さっそくやってみる？」

「今日は土曜日だから、先生方もいないし、許可がもらえない。週明け、月曜日からにしろ」

田野倉先生はめんどくさそうに言う。やはり、あまりあてにはできそうになかった。


その日の午後、善美以外の五人で連れ立って弓具店に出掛けた。以前、弓道会の人たちと行ったことがある、都心の目白通り沿いの店である。五人入ればいっぱいになるような小さなお店だが、弓道をやっている人たちの間では有名だ。

「あの、カケが欲しいんですけど」

薄井がお店の人に言うと、奥からいくつか出してきてくれた。同じような形でも、碟は手作りなので微妙に違う。ネットでも買えるが、実際に装着して、感触を確かめた方がいい。

「うん、これは少し大きいようですね。こちらはどうですか？」

お店の人がアドバイスしているので、薄井の方はそちらにまかせることにして、楓はもうひとりいた店員に話し掛ける。

「すみません、この矢、矢尻が取れてしまったので、付けてほしいのですけど。それから、こっちの矢は矢羽根が取れかけているんですが、直せますか？」

店員は矢をちらっと見ると、

「大丈夫ですよ。これくらいなら、すぐ直ります。少しお待ちください」

そう言って、奥の作業場へと引っ込む。

手持ち無沙汰《ぶさた》な楓は、カンナに話し掛けようとした。だが、そちらに目を向けて、言葉を引っ込めた。

カンナと賢人は吊り下げられた握り革の見本を見て、何か会話している。うかつに話し掛けるのがためらわれるような、親し気な、いい雰囲気だ。

なんか、ふたりだけの世界って感じ。賢人とはつきあえないと言ったわりには、カンナも嬉しそうだし。

嫌みな気持ちが浮かんで来そうになったので、楓は壁に並んだ弓の方に意識を向けた。狭い間口の割には奥行《おくゆき》のある店で、壁一面を飾るように、弓がずらりと立て掛けられている。グラスファイバー、カーボン、竹。それぞれ銘《めい》が入っている。

カズがお店の人にことわってその中の一張を取り出すと、肩入れをして弓力を試している。竹ではなく、グラスの弓だ。いま使っているものより強い弓が欲しいようだが、竹はめんどくさいし高いので、グラスにする、と言っていた。

いつか、竹の弓が欲しいな。いまのグラスファイバーもいいけど、やっぱり竹はカッコいい。参段取れたら、おばあちゃんにおねだりしてみようかな。おばあちゃんは『いい道具を使いなさい』って、いつも言ってるもんな。

そんなことを考えながらぼーっと竹弓を見ていたら、お店の人に「修理、終わりました」と声を掛けられた。代金を払って矢を受け取る。

ほかの四人も買い物が終わったようだ。それぞれ精算をする。

「カンナ、結局何を買ったの？」

「替え用の握り革をふたつと弦と練習用の足袋です」

カンナは入部した時には、必要な道具はすべて持っていた。弓道をやっている従兄弟《いとこ》に教えてもらって、全部揃えていたのだ。だから、消耗品くらいしか買うものはない。

「握り革、二枚も買ったの？　ひとつ買えば当分持つんじゃない？」

「ふたつあって、どっちも可愛いので、決められなかったんです。なので、ふたつ買っちゃいました。アメリカで買ったら、もっと高いと思うし」

その言葉を聞いて、賢人の顔がさっと曇った。アメリカに行くというカンナの気持ちは変わってないらしい。

賢人がちょっと可哀《かわい》そう。その気がないなら、親しくしなきゃいいのに。

そんなことを思いながら、楓はみんなと店を出た。その店から最寄り駅までは歩いて一〇分くらい掛かる。一年生三人がまとまって歩いているので、自然と楓は薄井と一緒に歩くことになった。

「薄井くん、もう志望は決めた？」

「うん、国立理系」

「わ、すごいね。じゃあ、東工大とか？」

「うん、いちばんの目標はそこ。東大は現役じゃ無理だと思うし、農工大は通うのに便利だし悪くないけど、東工大の方に行きたい学部があるから」

「そっかー。やっぱり目標は決めてるんだね」

「楓はどうなの？」

「志望校はまだ決めてないけど、言葉の研究に興味がある。なので文学部かなと思ったけど、もう少し視野を広げて、語源とか文化論みたいなものから言葉を研究すると面白いかな、なんて思ったりしている」

「じゃあ、西北大の文化構想学部なんかいいんじゃないの？」

すらりと大学や学部の名前が出てくるのは、薄井が進学について真剣に調べているからだろう、と楓は思った。

「西北大？　私立の難関校じゃない。自信ないよ」

いろいろ調べたので、楓もその学部の事は知っていた。だが、偏差値の高さを見て、臆《おく》している。

「うちの高校、西北大の推薦枠があるよ。それ狙ってもいいんじゃない？」

「推薦って、私でも受けられるのかな？」

推薦であれば、一般入試で入るよりは難易度は下がる。だが、西北大の推薦を受けたがる生徒はほかにもたくさんいるだろう。

「大丈夫だよ。楓は成績もそこそこいいし、生活態度も優等生。何より、休眠状態だった弓道部を復活させて部長を務めた。それはポイント高いよ」

そう言えば、薄井自身が弓道部に入る時、部長になりたいと言っていた。そうすると内申書がよくなるから、と。

「薄井くんは推薦受けないの？」

薄井は学年でもトップクラスの成績だ。推薦を望めば拒まれることはないだろう。

「僕は国立が第一志望だからね。推薦で合格したら、必ずそこに進学しなきゃならなくなる。だから、西北大はふつうに入試を受けるよ」

「そっかー。うちは私立でもいいって言われてるし、西北大なら親も手放しで喜ぶだろうな」

　孫の教育費は惜しむな、必要なら援助する、と両方の祖父母が言っている。西北大なら親だけじゃなく、みんなが歓迎してくれるだろうな。

「じゃあ、受けてみればいいいんじゃない？　弓道を頑張って関東大会に出られたら、もっと内申書はよくなるよ」

「それはちょっと不純な気もするけど」

「なんでもいいいんじゃない？　頑張るモチベーションになれば」

「うん、そうだね。関東大会は無理でも、弐段は取っておくかな。それも内申書にはプラスになるよね、きっと」

「確かに。僕も初段頑張るよ」

　薄井はそう言って、笑みを浮かべた。秀才でちょっと嫌みと思っていたけど、その笑顔は素直で悪くないな、と楓は思っていた。


　そうして、昇段審査に向けての練習が始まった。だが、空き教室での練習もなかなか面倒だった。教室に生徒が残っていると使えないし、誰もいなくても使用するためにはいちいち許可がいる。許可が下りても、机を教室の後ろに片付けないと練習にはならない。それで、練習を始めたとしても、本物の弓道場のような広さはないから、動作を省略しなければならない。終わった後には、ちゃんと机を戻さなければならない。

二、三回やったらみんな面倒になり、教室での練習は取りやめになった。かわりに屋上で練習することにした。足元にシートを敷き、袴《はかま》が汚れないようにして、座射の練習をする。靴は履いたままだ。審査の時は五人立ちなので、賢人以外の五人が体配を練習し、それを見て、賢人が気づいたことを注意する。だが、善美と楓にはほとんど注意しない。

「ふたりはちゃんとできているから大丈夫」

と言って、ほかの三人に掛かり切りだ。確かに、善美と楓も弓道会で習っているので、一通りは身に着いている。それを思い出しながら練習する。

「失《しつ》をしないかが、心配だな」

楓が言うと、カズが聞く。

「失って？」

「弓や矢を落としたり、弦が切れたりすることだよ。弓や矢を落とした時には拾い方にもきまりがあるんだ。弓を落とすことは滅多にないけど、矢はたまにあるから、失の練習もやらないと」

「うわ、めんどくさ。だけど、矢を落としたら、その時点で失格になるんじゃないの？」

「そうでもないらしい。ちゃんとしたやり方で矢を拾ったら、評価してもらえるんだって。弐段の審査の時に失をしたけど、ちゃんと合格したって先輩もいるよ」

「中仕掛けがちゃんとしていれば、失なんてないだろ？　だからいいよ」

カズはこれ以上いろいろ覚えるのはごめんだ、と言わんばかりだ。実際のところ、失については賢人もうろ覚えだ。弐段を取っていても、所作については楓とたいして変わらない。

「ネット配信の動画を探せば、たぶんそれもあるはず」

薄井がアドバイスする。薄井はよく動画を見て、研究しているらしい。

「ああ、そうか。じゃあ、それ見てみる」

と、楓は答えたものの、それより実際にやるところを誰かに見てもらった方がいい。

やっぱり弓道会に行こう。そっちの方が確実だ。

それで日曜日に地元の弓道会に足を運んだ。

「あら、楓ちゃん珍しいね」

日曜日の弓道場は男性が多く、楓は知らない人が多い。だが、高校生は少ないので、こちらが知らなくても相手は知っていて気に掛けてくれる。声を掛けてくれた相手も、顔は見たことがあるけど、名前は憶えていない。

「はい、弐段の昇段審査が近いので、体配の練習をしようと思って。すみませんけど、体配が正しいか、見てもらえますか？」

「僕でよければ。ひとりじゃなんだから、誰か一緒にやってあげたら？」

教士《きょうし》の称号を持つ浅沼《あさぬま》という先輩が言う。

「じゃあ、私も入ります」

「私も」

高校生に対しては皆優しい。頼めばすぐにアドバイスももらえる。部活を始めて来る回数が減っても、弓道会をやめないのはそれが大きい。楓にとっては、困った時の駆け込み寺のような場所なのだ。

三人で、審査のやり方で体配をする。楓が大前だ。

「腰骨の位置に手を置いて。ちょっと弓手の方が高い」

「あ、ダメ。そこ目線をいったん馬手の方に向けて、それから弓手の方に戻す」

「腕が身体の真横に来るように。肘が後ろになってると、偉そうに見えるよ」

　動作の途中でいろいろアドバイスをされる。最初は浅沼だけが見てくれるはずだったのに、いつの間にかその場にいる全員が練習を止めて、楓を見守っている。学校の練習ではなんとなく流していたことも、細かく注意をされる。

「執弓の姿勢、ちょっと変だよ。矢を持った馬手は、第二関節と第三関節の間が腰に来るようにしなきゃ」

　見ていたひとりの先輩が、楓のすぐ前に来て注意する。

「こうですか？」

　言われたように、楓がやってみる。

「そう、手首をもっと内側に曲げて」

「ちょっとつらいかも」

「だけど、この位置に手を置くと肘が後ろにいかないでしょ。ちゃんと真横に腕が収まる。それに、矢番えのための腕の移動が自然だし」

　そう言われて、楓は腕を上げてみる。

「ほんとだ。腕を身体の前に持って行くだけで、手首の角度を変えなくても自然と矢番えの姿勢になりますね」

「そう、ひとつひとつの姿勢にはちゃんと意味があるのよ」

教えてくれる先輩は、四〇代くらいの四段の女性。弓道会でもいま、いちばんよく中てているひとりだ。

「弓手の方の弓はどう持てばいいんですか？　弦がどういう角度になればいいんでしょう？」

「こっちはね、こんなふうに」

先輩は残身、つまり弓を引き終わった時の、両手を真横に開いた姿勢を取る。

「弓返りすると弦がこんなふうに腕にあたるでしょ。その角度のまま、弓手を腰に移動させる。そうすると、ちょうどいい位置に弦が収まる」

そう言いながら、先輩は腰に手をあてて、執弓の姿勢を取った。なるほど、言われてみると自然な姿勢だ。

「ああ、そういうことだったんですね。知らなかった」

「弐段の審査じゃ、ここまで細かくチェックされないと思うけど、どうせなら正しいことを知っておいた方がいいよ」

「ありがとうございます！」

うん、弓道会はこうじゃなくっちゃ。

楓は嬉しくなった。ほんとは先輩として一年生を指導しなきゃいけないけど、自分はまだまだ未熟だ。こうして教えてもらえるのはとてもありがたい。

一手（二射）終わると、三人は退場する。

「お辞儀をする時は、ちゃんと身体ごと神棚の方を向いて揖をする。審査当日は審査員の方だからね」

「今日言ったことに気をつければ、弐段なら大丈夫じゃない？」

「ありがとうございます。ところで、矢の処理もおさらいしたいんですが」

「じゃあ、ちょっと隅の方に移動しよう。まず僕がやるのを見て」

浅沼が座って見本を見せる。矢、つまり矢を落とした時の作法も決まっている。落ちた矢を拾い、揖をしてからその矢を自分の前に置くのだ。

先輩の見本が終わると、楓はそれを思い出しながらやってみる。

「そこ、矢の先を揃えて弓手に持って、馬手は腰に置く……それから揖。落ちた方の矢を自分の身体の前に置いて。矢先は的に向ける。……そうすると、係の人が回収してくれる」

周りの人たちも自分の練習をしながら、楓たちのやることをちらちら見ている。

二、三度繰り返して、楓がスムーズにできるようになると、みんな拍手してくれた。
「慣れれば、失もどうってことはない。本番では失をしないことが何よりだけどね」

「もし、失をしても、落ち着いて処理すれば大丈夫。きちんとやれば評価してもらえるから。私も弐段の審査で失をしたけど、ちゃんと合格したから」

そこにいた人たちが、口々に励ましてくれる。ちょっと照れくさいけど、楓は嬉しかった。

部活も大事だけど、やっぱり弓道会も大事、と楓は思う。部活に欠けていることを補ってくれる。弓道会はやっぱり私の弓道のベースとなる場所。高校時代は三年しかないし、だからこそ大事にしたいと思うけど、弓道会がここにずっとあるということは、私にとって絶対的な安心感に繋がる。

「楓ちゃん、こっちおいで。手がかじかんだでしょう？」

先輩のひとりが、ストーブの傍から手招きをする。楓は弓を弓置き場に置くと、そちらの方へと弾むような足取りで向かって行った。

12

昇段審査の会場は、明治神宮の中央道場だ。初段の時にもここで受けて合格しているので、楓にとってはゲンのいい場所だ。初段と弐段は別々の時間帯なので、善美とふたりだけだ。申し込み順に並ぶので、楓は善美の後になった。

善美の後ろだと安心する。まるで練習の時みたい。

善美はいつも通り、淡々とした表情だ。近頃はよく中っているし、普段通りにやれば昇段間違いなしだろう。

いやいや、人と比べない。

ここは弓道会の弓道場だと思おう。

『おちついてやれば、大丈夫。弐段なら、ちゃんと受かるよ』

先輩たちがそう太鼓判を押してくれた。それを信じて審査に臨むのみ。

心臓はドキドキしている。楓は深く呼吸をする。

大丈夫。ほんとの試合と違って、ここで失敗しても私だけの問題。決勝進出が掛かった競射の時の方が大変だった。それを切り抜けられたんだから、今度だって平気。

弓を持つ手が微かに震えた。それを気取られないように大きく息を吐いて、楓は射場へと足を踏み入れた。

審査結果は翌日にネットで発表になった。その日は日曜なので、楓は自宅でその結果をチェックした。

えっと、弐段は……あった！　善美と私、両方とも合格だ。

楓はほっとした。人と比べてはいけないと思っても、一緒に始めた善美にここで差をつけられたくない。

弐段の合格者は二〇人ほどだ。受験者はその倍以上いたと思うから、二人とも合格はなかなかの好成績だ。

えっと、初段はどうだろう。カンナたちは大丈夫かな。

無指定の結果には不合格はない。成績によって、初段、一級、二級、三級と振り分けられる。まず目に入ったのは薄井の名前だ。

薄井道隆　初段

おお、ミッチー頑張った。まあ、初段なら楽勝でしょ。弓道会でも、初段を落ちたって人は聞いたことないし。

だが、その後ふたりの結果を見て、楓は目を疑った。

大貫一樹　二級

山田カンナ　一級

カズもカンナも初段を取れなかったのだ。

なぜ？　ミッチーよりもカズやカンナの方が上手だと思うのに。中りだって、カズなんか私よりよく中るくらいなのに。

信じられない。何かの間違いじゃないだろうか。

楓は呆然としてスマホを眺めていた。自分が合格した喜びは、どこかに行ってしまっていた。


翌日、教室に行くと、薄井がすぐに寄って来た。薄井と善美と楓は同じクラスだった。

「弐段昇段、おめでとう」

「ありがとう。薄井くんも、初段、おめでとう」

「ほんと、僕だけ受かるなんて思ってなかったから、びっくりした」

薄井はあまり嬉しそうではない。自分だけ合格したことが、むしろ申し訳なさそうだ。

「射がよかったんじゃないの？　中った？」

「ううん。外れた。安土にはちゃんと届いたけど」

「初弐段は、中りではなく、射形とか体配の方が大事だって先輩が言っていた」

「体配は僕、ちゃんと練習してたもん。ネットの動画を見て何度も練習したし、楓にもいろいろアドバイスもらったし。中りには自信がないから、その分体配を頑張ろうって」

「審査結果みたら、初段ダメだった人、結構多かったよね」

「うん。ほかの受験者見て、ちょっと思った。みんな案外体配の練習してないんだなって。僕が見ても、揖の仕方が下手なやつとかいたもん。中りでは負けても、体配では絶対負けないって思ってた」

「それがよかったんだよ。カンナとカズはどうだった？　調子悪かったの？」

「それが、そうでもないんだ。カズは一本中ててたし、カンナも外したけど的ぎりぎり。音がしたんでてっきり中ったと思ったくらい」

「なのにカズは二級で、カンナは一級かあ」

普段の練習とはまるで逆だ。普段なら、薄井はカズにもカンナにもかなわない。

「だったら、彼らも体配ができなかったのかな。あんまり熱心じゃなかったもんね」

「だけど、気まずいよね。いちばん下手な僕だけ初段合格って。なんか、今日は彼らと顔を合わせにくいな。部活休もうかな」

「ダメだよ。そんなこと。薄井くんが合格したのは、頑張ったからだもん。気まずくなる必要なんか、ないって」

楓は励ますが、薄井の表情は冴えない。

そうなのだ。こういう時は不合格だった者より、ひとりだけ合格した者の方が、肩身が狭い。自分が同じ立場だったら。もし善美が落ちて、私だけ弐段合格してたら、きっと嫌だっただろうな。審査のやり方が間違ってないかって、きっとみんなには思われただろうし。

ふたりとも合格して、本当によかった。合格すれば、誰からも何も言われない。

「部活、休んじゃダメだよ。そっちの方が、かえって彼らに気を遣わせるよ。堂々としていなよ」

「そうだよね。それでいいんだよね」

「気まずいのは最初だけだから。練習始まってしまえば、みんな忘れるよ」

「ありがとう。そうだといいな」

真面目な薄井は、まだ気にしているようだ。

案外薄井くんって、気が小さいのかもしれないな。

「ともあれもう授業だし。放課後のことは放課後考えよう」

それだけ言って、楓は自分の席に戻った。楓の近くの席に善美が座っていたが、ふたりの話を聞いていたのかいないのか、いつも通りの顔で、教科書を取り出していた。

その日、楓は善美と薄井と連れ立って部室に向かった。なんとなくひとりでは行きにくいだろう、と思ったからだ。薄井も同じ気持ちだったらしく、離れた席からなんとなくふたりの様子をうかがい、ふたりが教室を出るとすぐに後ろから付いて来た。三人は特に会話もせず、まっすぐ部室に向かった。

部室の扉を開けると、既にほかの三人の姿があった。

「や、合格三人組が来た」

賢人があっけらかんとした口調で言う。いちばん言ってほしくない言葉だ、と楓は思った。だが、予想に反して、明るい声でほかの二人が続けた。

「おめでとう」

「よかったね」

「う、うん、ありがとう」

カズもカンナもさばさばした表情だ。

「だけど……残念だったね。二人とも合格できると思ってた。何かミスをしたの？」

初段はだいたい合格すると二人に言っていたので、楓は責任を感じていた。

「そうなんだ。俺、本座から射位に歩いた後、そのまま立射の姿勢を取ってしまったんだ。大前だったし、ほかの人はちゃんとやってることに気づかなくて、そのまま立射で引いてしまった」

審査は座射で行われる。射位についた後、いったん腰を落として跪坐《きざ》の姿勢を取り、座ったまま身体の向きを変えるのだ。普段の練習は一射でも多く引くことに重きを置くので、立射で行うことが多い。

「練習の時は、基本立射だろ。だから、的を向いて立ったらそのまま足踏みして、って動作が身体に染みついている。なので、つい、それで」

それはとんでもないミスだ。みんなが座っている中、ひとり立射の体配をしていたら、さぞ悪目立ちもしただろう。

「二射目はどうしたの？」

「一射目を引いた後、すぐに気づいて、それで慌てて座って座射に切り替えた。だけど、しまったと思って動揺しているから、あとは散々」

カズが悔しそうに頭をくしゃくしゃに掻《か》く。所作が身に着いていないと、慣れたやり方に身体が動く。所作の練習が足りなかったのだ。

「ああ、それはしょうがないね。審査だとどうしてもあがってしまうから、そういうこともあるよね」

楓はそう言って慰める。薄井は黙っている。合格した自分が何を言っても自慢にしか聞こえないだろう、とわかっているのだ。善美も、いつも通り沈黙を保つ。

「カンナも何か失敗したの？」

聞かれたカンナは首を横に振った。

「わからないんです。自分ではちゃんとできてるつもりだったのに」

その時、部室の扉が開いて、田野倉先生が顔を出した。

「や、みんな揃ってるな。審査の結果は見たんだろう？」

「はい。昨日ネットで確認しました」

「じゃあ、俺が言うまでもないが、楓、善美、薄井、おめでとう。カズ、カンナ、残念だった。次回頑張れ」

拍子抜けするくらい、あっさりした言葉だ。

「あの、先生、会場にいらしてましたよね。私のやってるの、見えました？」

「ああ、後ろで進行の手伝いをしていたからね」

「どこが悪いか、わかりました？　自分では納得いかないんですけど」

楓はドキリとする。そんな風に率直に聞くのは相当自信があったのだろう。自分にはとてもできないと思う。

「うん、まあ、一通りはできていたんだけど、細かいところがな」

田野倉先生は困ったように、頭の後ろをぼりぼり掻いた。

「具体的に言ってください」

「たとえば歩き方。爪先を上げてドスドス歩いていた」

「あー、そう言えば、すり足でって言われてたの、忘れていました。悔しい、頭ではわかっていたのに」

カンナは悔しがる。

「道場じゃないことの弱みだね。屋上じゃ靴で練習しているから、歩き方の練習も足りなかったんだ。ほんとは、頭でどうこう考えるんじゃなくて、身体が覚え込むまでやらないといけなかったんだが」

「ほかに気づいたことはありますか？」

「そうだな。執弓の姿勢がな、なんかおかしいんだ。左右の高さが揃っていないし、拳の位置がちょっと低い。あと、立ち上がるタイミングが早い、二つ前の射手の弦音を聞いてから立つんだけど、前の人が胴造りを終えたタイミングで立っていた」

「それじゃ、ダメなんですか？　試合の時は、それで立っていましたけど」

「大前の次ならそれが正解だけど、三番目以降は違うんだよ。教わらなかったか？」

「俺が悪いんです。口頭では説明したんだけど、いつも三人で練習していたから、ちゃんと身に着いていなかったんだと思います」

賢人が申し訳なさそうに言う。座射の時に、いつ立ち上がるかも厳密に決まっている。自分のタイミングだけで動くことはないのだ。

「あと、動作のひとつひとつが、何と言ったらいいかなあ。めりはりがあって、キビキビし過ぎているんだ。あまり弓道らしくない」

「弓道らしくないって、どういうことですか？」

カンナは不満そうだ。

「俺もうまく説明できないんだけど……たぶん呼吸だと思うんだ。ひとつひとつの動きを丁寧に行い、呼吸と動作を一致させる。射だけでなく、入場した時から、それは始まっている。歩く時にも一歩で吸い、次の一歩で吐く、というのを繰り返す。吸いながら右足を下げ、吐きながら腰を落とす。そうすると、おのずと動作はゆったりとしてくる」

「ゆったりしていたら、時間が掛かると思いますが」

なおもカンナは食い下がる。

「試合の場合は時間制限があるし、なるべく早くやることも大事だ。学生弓道の場合は的中重視だし、あまり所作のことは言われない。だけど、本来の弓道は違う。所作を大切にする。ひとつひとつの所作に意味を感じ、呼吸と動作を一致させながら、ゆったりとした気持ちで引く。そこに美が生まれるんだよ」

「美、ですか？」

カンナは戸惑ったような顔をしている。

楓には田野倉の言葉がわかった。弓道会で国枝や白井といった先輩が引いているのを見ているからだ。迷いのないその動作には、いつも見とれてしまう。彼らの射は正確で無駄がなく、揺るぎや隙《すき》がない。それは確かに『美しい』。

「弓道の教本にも書いてあるだろ。最もよくできた射は宇宙と一体になる、って。ほんとうにうまく引けた時は、頭で考えなくても、自然と身体が正しく動く。何か大きなものに自分が動かされている、自分自身も宇宙の一部であると実感する、そんな心境になるんだそうだよ」

「ほんとに？」

「一〇年以上続けている先輩が、試合の時に一度だけそれを経験した、と言っていた」

「それってつまり、ゾーンに入ったということですか？　スポーツ選手が極限まで集中すると、ボールが止まって見えるとか、周りの動きが三百六十度見えるとか、そんな状態になるって言いますよね」

横で聞いていた薄井が尋ねる。

「たぶん同じだと思う。その状態がとても心地よくて、それを再現したいと先輩は思ったそうだけど、意識すればするほど遠ざかる。その後同じ経験は訪れないそうだけど、それを求めて、いまでも弓を引いている」

田野倉は遠い目をした。

ふと楓は、それは田野倉自身の経験じゃないか、と思ったが、慌てて否定した。いや、先生は高校時代ちょっとやっただけだと言っていた。そんなことはないだろう。何年も真剣に弓道を続けた人じゃなきゃ、きっとそうはならない。

「私にも、それを目指せということですか？」

「弓道で何を目指すかは、人それぞれだ。だけど、どうせやるなら、美しい射ができた方がいいと思わないか？」

カンナは黙り込んだ。真面目な顔で考え込んでいる。

「ごめん、私たちがちゃんと教えればよかったね」

楓が言うと、賢人がそれを遮った。

「いや、俺が指導していたんだから、俺の責任だ。俺が悪かった。弓道会じゃしつこいほど体配の練習ばかりしていたのに、面倒くさいからちゃんとやってなかった」

「賢人だけが悪いんじゃないよ。部長の私がもっと練習方法を考えなきゃいけなかった」

ふたりが言い争っていると、ふいにカンナが声を上げた。

「わかりました。中てるだけの弓道じゃダメ、ってことなんですね」

「ま、まあそういうことだ」

カンナの強い口調に、田野倉先生が気圧されている。

「私、間違っていました。中る射が強い射なのだと。それだけではダメだと言うなら、根本から考え直さなければなりません」

カンナは笑ってはいない。唇を悔しそうにきゅっと噛み締めている。

「まあ、そんなに堅苦しく考えるな。中るというのも正しい射の条件のうちなんだから、中ることを考えて練習するのは間違ってはいない」

「でも、そうでない世界があるというなら、私はそれを知りたい。あの、お願いがあるんですけど」

それまで田野倉先生の方を見ていたカンナが、ふいに向きを変え、真剣な顔で楓たちの方を見た。

「弐段に合格された皆さんに、体配を見せてほしいんです。私たちとどこが違うのか。一級と弐段にどれくらい差があるのか」

「えっ？」

思わず楓は賢人の顔を見た。賢人も戸惑っている。確かに、三人揃ってお手本を見せたことはない。見せるほど上手くはない、と楓は思っている。

「いいね。俺も、弐段の体配を見たい」

カズも同意するが、こちらは面白がっているようだ。

「俺ら程度じゃ、あまり参考にはならないと思う。今度白井さんが来た時に、やってもらった方がいいよ」

賢人は断ろうとする。上段者に比べれば、自分はまだまだ、という自覚は賢人にも楓にもある。

「いや、それでも弐段なんだ。弐段としての実力を見せるのも先輩として大事だろう。見せてやれ」

「わかりました」

田野倉先生に言われて、仕方なく楓は答える。賢人もしょうがないという顔でうなずいた。部室の隅に置いた弓を取り、矢筒を持って、みんなが屋上に移動しようとすると、田野倉が止める。

「雨宮さんのところに行って、ブルーシートを二枚借りて来い。靴じゃなく、ちゃんと足袋でやるんだ」

「わかりました」

答えるや否や、カズが外に走り出た。少し遅れて、薄井がそれに続いた。


大前は善美、中が楓、落ちが賢人という順番だ。三人が執弓の姿勢で並ぶと、大前の善美が振り返って「お願いします」と言う。楓と賢人も「お願いします」と返す。いつも、弓道会ではそうやって始める。大前が二歩進んで、揖をする。試合なら、その視線の先には審査員がいるが、その位置に今日はカンナたちがいる。

「いいか、目線とか弓の動かし方に注意して見るんだ。どんなタイミングでどう動かしているか、その辺におまえらと違いが出る」

田野倉先生が注意しているのが耳に入ってくる。だが、楓は自分の内側に集中して、それに気を取られないように、と思う。

善美が四五度に身体を倒す立礼をして、本座に足を踏み出すと同時に、楓が足を踏み出す。そのタイミングがリズムを生み出す。そのリズムを乱さないように浅く礼つまり揖をし、そのまま善美に続く。善美は後から続くふたりが遅れないように、ゆったりした歩調で本座に着く。楓と賢人もそれに続き、三人同時に身体の向きを的の方に変える。

歩く時、向きを変える時、的に向かって揖をする時、立ち上がる時、決して横を見てはいけない。自分の四メートルほど先に視線をやり、大前の所作を身体で意識しながら、それに合わせる。

どのタイミングも三人ぴたっと揃った。楓はそういう瞬間が好きだ。

弓を引くのは自分。だけど、同じ射場に立つ仲間がいる。息を揃えて、ひとつのリズムを作り出す。それが決まると心地よい。

射位に座り、弓を立てて矢を番える。この時もタイミングを合わせ、大前以外の射手は前の人の動作を抜かしてはいけない。立つ順番も、大前の次の射手は大前が手を腰に当てるタイミングで、それ以降の射手は、ふたつ前の射手が引いた弦音で立ち上がる。一射すると座るが、二度目に立つのは、落ちの前の人の弦音がした後。五人立ちならば後方の射手はしばらく静止している時間があるが、三人立ちだとゆとりがない。楓自身が落ちのひとつ前になるので、座ると同時に弓を立て、矢番えのために取り掛けをする。

あせらない。ゆったりとしたタイミングで、と楓は自分に言い聞かせる。

善美の先に、カンナたちがいるのがわかる。食い入るように見つめている視線を感じるが、そこに視線は向けない。自分の手元に目を向け、所作を正しくすることに没頭する。

視線をどこに向けるかというのも、弓道では厳密に決まっている。歩く時は四メートル先、射場に着いてからは、まず自分の手元、それから的。足元を見て自分の位置を確かめたり、的に視線を向けた後で手元を見直したりすることは許されない。

視線を向けることは、意識を向けること。よそを向いては自分の意識が乱れる。集中が殺《そ》がれる。自分の内側に向けるために、視線を外に向けないのだ。

誰に教わったわけでもなく、ふいにそのことが脳裏に閃《ひらめ》いたが、楓はなぜか当たり前のことのように思った。そして、そのまま射を続ける。

いい集中で弓を引いたからか、楓は二中した。引き終わって退場、三人目の賢人も引き終わって退場すると、田野倉先生が拍手をした。少し遅れてほかの三人も拍手をする。

楓が的を見ると、善美と楓が二中。賢人が一中。なかなかのものだ、と思う。

「さすが、弐段。みごとなもんだ。自分との違いがわかったか？」

「はい、立ったり座ったりする時、揖をする時、三人ちゃんとタイミングが揃っていました」

カズが言うと、薄井も言う。

「ひとつひとつの動作に迷いがない。僕だったら、ちょっと考えて止まってしまうこともあるのに、三人ともとてもスムーズだった」

カンナは考え込んでいるようで、何も言わない。

「厳密に言えば、執弓の姿勢の時の弓と矢の角度が広すぎるとか、歩く時に早矢と乙矢が離れているとか小さな乱れはあるけど、弐段の体配としては立派だ。何より三人が揃っていて、流れるようにスムーズだった。昇段審査の時は、そういう点もチェックされる。自分のタイミングだけで周りを見ないような者は減点される。他者を生かしつつ自分を生かす。そういう姿勢が求められるんだ」

「カッコいい。さすが教師ですね」

固くなった空気をまぜっかえすように賢人が言う。

「まあ、俺も先輩の受け売りだけどな」

田野倉先生がそれを受け、にやりと笑う。それで場の空気がほぐれた。みんなもほっとしたように笑みを浮かべる。カンナだけが深刻な表情だ。

「どうだ、カンナ？　自分との違いがわかったか？」

声を掛けられて、カンナがはっと我に返ったように田野倉先生の方を見た。

「はい、あの、私、決意しました」

「決意？」

「今年の夏でアメリカの学校に転校するつもりだったけど、やっぱり卒業までここにいます」

「どういうことだ？」

田野倉先生は、カンナがアメリカの大学に進学したいという希望を知らないので、もうひとつ事情がわかっていないようだ。

「自分はそれなりにできるつもりだったけど、弓道のことを全然わかっていなかった。中ればいいと思っていた。だけど、それじゃダメだと、いま先輩たちの体配を見てわかりました。できるだけ長く日本にいて、弓道のことをもっと知りたい」

おおっとみんな声を上げた。カンナが三年まで残ってくれるなら、弓道部女子も途切れずに続くだろう。カンナひとりの決断は、弓道部みんなにとって喜ばしいことなのだ。

「カンナ、ありがとう。そうしてもらえるなら、助かる」

「三年になって退部するまで、一緒に頑張ろう」

「よかった、カンナがいると部が明るくなる。残ってくれるのは嬉しい」

みんな口々に感想を述べる中、賢人だけは引きつった顔で聞き返した。

「それ、本気？」

「本気です」

カンナはきっぱり言い切った。迷いのない態度だ。

「よかった、よかった」

顔全体をほころばせた賢人がカンナの両手を掴み、ぶんぶんと上下に振る。

「何するんですか、やめてください」

カンナはすぐ手を引っ込めるが、表情は柔らかだ。

「あ、ごめん、つい嬉しくて」

「でも、私が残るのを喜んでくれる人がいるのは嬉しいです」

カンナは優しい目で賢人を見返す。

やっぱりこのふたり、いい感じ。

楓は思ったが、口には出さない。下手なことを言ったら、逆に関係が壊れてしまいそうだ。代わりにカンナの決断を応援する言葉を掛ける。

「賢人だけじゃないよ。みんな喜んでいるよ。カンナが抜けたら、女子チーム崩壊だもの。ねえ、善美？」

楓の言葉に、善美はうなずく。

「三人いるから戦える。カンナがいないのはとても困る」

「そうだよ、僕なんかより、カンナはよほど戦力になるし」

薄井が言うと、その肩を賢人がはたく。

「卑下するなよ。ひとり抜けても、ムサニの弓道部は成り立たない。ミッチーだって同じ。ミッチーがいなけりゃ俺らすぐにだらけちゃうし。ミッチーの真面目さは、俺らを引き締めてくれる」

それを聞いて、楓は胸がいっぱいになった。以前はいがみ合っていたふたりが、いつの間にかチームメイトとして信頼しあっている。

「まあ、そういうことだ。ともあれ、これからはもっと体配も真面目に練習することだ。白井さんにも見てもらったらどうだ？」

「そうですね。白井さんにはいつも射のことばかり聞いてましたけど、白井さんこそ体配の達人ですから」

楓は何度か白井の体配を見たことがある。弓道会でもお手本になるような人なのだ。白井さんに指導してもらえば、たちまちみんな上達するだろう。

「みんながこれで体配もちゃんとやる気になったのなら、落ちたことも無駄にならないね」

賢人の声ははずんでいる。カンナの決断がよほど嬉しいのだろう。

「そうだ、いいこと言った。遠回りしても失敗しても、やったことは無駄にならない。それがアオハルって言うやつだ」

「また先生、覚えた言葉を使いたいだけ」

カンナが言うと、賢人が続ける。

「そうそう、第一アオハルなんて言葉、もう古いよ」

「そうなのか？」

「そうだよ、いいこと言っても、それじゃ台なし。俺らだから聞いてるけど、よそでは言わない方がいいですよ」

「酷いなあ。年寄りにはもっと優しくしろよ」

そう言いながらも、田野倉先生の顔は笑っている。それを見るみんなも笑っている。

いいな、この雰囲気。やっぱり私、この仲間が好きだ。この仲間と一緒なら、もっと上に行けると思う。

高校生活もあと一年。その間にどれだけ頑張れるか。弓道も勉強もできるだけ頑張ろう。

楓は心の中で誓った。

次の大会では、必ず爪痕《つめあと》を残す。

高校最後で最初の出場となる関東大会予選まで、あとふた月と迫っていた。

謝辞

本書の執筆にあたっては、東京都高等学校体育連盟弓道専門部の皆さま、小金井市弓道連盟の皆さまにご協力いただきました。

なお、取材及び監修をお引き受けくださった弓馬術礼法小笠原教場の皆さまには、今回はことのほかお世話になりました。

ここに深く感謝の意を表します。

碧野　圭

監修・弓馬術礼法小笠原教場

本書は書下ろし作品です。

|著者|碧野 圭　愛知県生まれ。東京学芸大学教育学部卒業。フリーライター、出版社勤務を経て、2006年『辞めない理由』で作家デビュー。大人気シリーズ作品「書店ガール」は2014年度の静岡書店大賞「映像化したい文庫部門」を受賞し、翌年「戦う！書店ガール」としてテレビドラマ化され、2016年度吉川英治文庫賞にもノミネートされた。他の著作に「銀盤のトレース」シリーズ、「菜の花食堂のささやかな事件簿」シリーズ、『スケートボーイズ』『1939年のアロハシャツ』『書店員と二つの罪』『駒子さんは出世なんてしたくなかった』『跳べ、栄光のクワド』『レイアウトは期日までに』などがある。本書は『凜として弓を引く』『凜として弓を引く 青雲篇』に続く、弓道青春シリーズの第3弾。

凜《りん》として弓《ゆみ》を引《ひ》く　初陣篇《ういじんへん》
碧野《あおの》 圭《けい》

講談社文庫
定価はカバーに
表示してあります

2024年3月15日第1刷発行

発行者――森田浩章
発行所――株式会社 講談社
東京都文京区音羽2-12-21 〒112-8001
電話 出版 (03) 5395-3510
販売 (03) 5395-5817
業務 (03) 5395-3615
Printed in Japan

KODANSHA

デザイン―菊地信義
本文データ制作―講談社デジタル製作
印刷―――中央精版印刷株式会社
製本―――中央精版印刷株式会社

ISBN978-4-06-534758-4

講談社文庫刊行の辞

二十一世紀の到来を目睫に望みながら、われわれはいま、人類史上かつて例を見ない巨大な転換期をむかえようとしている。

世界も、日本も、激動の予兆に対する期待とおののきを内に蔵して、未知の時代に歩み入ろうとしている。このときにあたり、創業の人野間清治の「ナショナル・エデュケイター」への志を現代に甦らせようと意図して、われわれはここに古今の文芸作品はいうまでもなく、ひろく人文・社会・自然の諸科学から東西の名著を網羅する、新しい綜合文庫の発刊を決意した。

激動の転換期はまた断絶の時代である。われわれは戦後二十五年間の出版文化のありかたへの深い反省をこめて、この断絶の時代にあえて人間的な持続を求めようとする。いたずらに浮薄な商業主義のあだ花を追い求めることなく、長期にわたって良書に生命をあたえようとつとめるところにしか、今後の出版文化の真の繁栄はあり得ないと信じるからである。

同時にわれわれはこの綜合文庫の刊行を通じて、人文・社会・自然の諸科学が、結局人間の学にほかならないことを立証しようと願っている。かつて知識とは、「汝自身を知る」ことにつきていた。現代社会の瑣末な情報の氾濫のなかから、力強い知識の源泉を掘り起し、技術文明のただなかに、生きた人間の姿を復活させること。それこそわれわれの切なる希求である。

われわれは権威に盲従せず、俗流に媚びることなく、渾然一体となって日本の「草の根」をかたちづくる若く新しい世代の人々に、心をこめてこの新しい綜合文庫をおくり届けたい。それは知識の泉であるとともに感受性のふるさとであり、もっとも有機的に組織され、社会に開かれた万人のための大学をめざしている。大方の支援と協力を衷心より切望してやまない。

一九七一年七月

野間省一

講談社文芸文庫

吉本隆明
わたしの本はすぐに終る 吉本隆明詩集
解説=高橋源一郎　年譜=高橋忠義
つねに詩を第一と考えてきた著者が一九五〇年代前半から九〇年代まで書き続けてきた作品の集大成。『吉本隆明初期詩集』と併せ読むことで沁みる、表現の真髄。
よB11
978-4-06-534882-6

加藤典洋
人類が永遠に続くのではないとしたら
解説=吉川浩満　年譜=著者・編集部
かつて無限と信じられた科学技術の発展が有限だろうと疑われる現代で人はいかに生きていくのか。この主題に懸命に向き合い考察しつづけた、著者後期の代表作。
かP8
978-4-06-534504-7

新井見枝香　本屋の新井
碧野　圭　凜として弓を引く
碧野　圭　凜として弓を引く〈青雲篇〉
赤松利市　東京棄民
五木寛之　ソフィアの秋
五木寛之　狼のブルース
五木寛之　海峡物語
五木寛之　風花のひと
五木寛之　鳥の歌（上）（下）
五木寛之　燃える秋
五木寛之　真夜中の望遠鏡〈流されゆく日々'78〉
五木寛之　ナホトカ青春航路〈流されゆく日々'79〉
五木寛之　旅の幻燈
五木寛之　他力
五木寛之　こころの天気図
五木寛之　新装版　恋歌
五木寛之　百寺巡礼　第一巻　奈良
五木寛之　百寺巡礼　第二巻　北陸
五木寛之　百寺巡礼　第三巻　京都Ⅰ
五木寛之　百寺巡礼　第四巻　滋賀・東海
五木寛之　百寺巡礼　第五巻　関東・信州
五木寛之　百寺巡礼　第六巻　関西
五木寛之　百寺巡礼　第七巻　東北
五木寛之　百寺巡礼　第八巻　山陰・山陽
五木寛之　百寺巡礼　第九巻　京都Ⅱ
五木寛之　百寺巡礼　第十巻　四国・九州
五木寛之　海外版　百寺巡礼　インド1
五木寛之　海外版　百寺巡礼　インド2
五木寛之　海外版　百寺巡礼　朝鮮半島
五木寛之　海外版　百寺巡礼　中国
五木寛之　海外版　百寺巡礼　ブータン
五木寛之　海外版　百寺巡礼　日本・アメリカ
五木寛之　青春の門　第七部　挑戦篇
五木寛之　青春の門　第八部　風雲篇
五木寛之　青春の門　第九部　漂流篇
五木寛之　親鸞　青春篇（上）（下）
五木寛之　親鸞　激動篇（上）（下）
五木寛之　親鸞　完結篇（上）（下）
五木寛之　五木寛之の金沢さんぽ
五木寛之　海を見ていたジョニー　新装版
井上ひさし　モッキンポット師の後始末
井上ひさし　ナイン
井上ひさし　四千万歩の男　全五冊
井上ひさし　四千万歩の男　忠敬の生き方
井上ひさし・司馬遼太郎　新装版　国家・宗教・日本人
池波正太郎　私の歳月
池波正太郎　よい匂いのする一夜
池波正太郎　梅安料理ごよみ
池波正太郎　わが家の夕めし
池波正太郎　新装版　緑のオリンピア
池波正太郎　新装版　殺しの四人〈仕掛人・藤枝梅安㈠〉
池波正太郎　新装版　梅安蟻地獄〈仕掛人・藤枝梅安㈡〉
池波正太郎　新装版　梅安最合傘〈仕掛人・藤枝梅安㈢〉
池波正太郎　新装版　梅安針供養〈仕掛人・藤枝梅安㈣〉
池波正太郎　新装版　梅安乱れ雲〈仕掛人・藤枝梅安㈤〉
池波正太郎　新装版　梅安影法師〈仕掛人・藤枝梅安㈥〉
池波正太郎　新装版　梅安冬時雨〈仕掛人・藤枝梅安㈦〉

池波正太郎　新装版 忍びの女 (上)(下)
池波正太郎　新装版 殺しの掟
池波正太郎　新装版 抜討ち半九郎
池波正太郎　新装版 娼婦の眼
池波正太郎　近藤勇白書 (上)(下)〈レジェンド歴史時代小説〉
井上　靖　楊貴妃伝
石牟礼道子　新装版 苦《く》海《がい》浄《じょう》土《ど》〈わが水俣病〉
いわさきちひろ　ちひろのことば
いわさきちひろ 松本　猛　いわさきちひろの絵と心
いわさきちひろ 絵本美術館編　ちひろ・子どもの情景〈文庫ギャラリー〉
いわさきちひろ 絵本美術館編　ちひろ・紫のメッセージ〈文庫ギャラリー〉
いわさきちひろ 絵本美術館編　ちひろの花ことば〈文庫ギャラリー〉
いわさきちひろ 絵本美術館編　ちひろのアンデルセン〈文庫ギャラリー〉
いわさきちひろ 絵本美術館編　ちひろ・平和への願い〈文庫ギャラリー〉
石野径一郎　新装版 ひめゆりの塔
今西錦司　生物の世界
井沢元彦　義経幻殺録
井沢元彦　光と影の武蔵〈切支丹秘録〉
井沢元彦　新装版 猿丸幻視行

伊集院　静　乳房
伊集院　静　遠い昨日
伊集院　静　夢は枯野を〈競輪躁鬱旅行〉
伊集院　静　野球で学んだこと ヒデキ君に教わったこと
伊集院　静　峠の声
伊集院　静　白秋
伊集院　静　潮流
伊集院　静　冬の蜻《とん》蛉《ぼ》
伊集院　静　オルゴール
伊集院　静　昨日スケッチ
伊集院　静　あづま橋
伊集院　静　ぼくのボールが君に届けば
伊集院　静　駅までの道をおしえて
伊集院　静　受け月
伊集院　静　坂の上のμ〈野球小説アンソロジー〉
伊集院　静　ねむりねこ
伊集院　静　新装版 三年坂
伊集院　静　お父やんとオジさん (上)(下)
伊集院　静　ノボさん (上)(下)〈小説 正岡子規と夏目漱石〉

伊集院　静　機関車先生〈新装版〉
伊集院　静　ミチクサ先生 (上)(下)
いとうせいこう　我々の恋愛
いとうせいこう　「国境なき医師団」を見に行く
いとうせいこう　「国境なき医師団」をもっと見に行く〈ガザ、西岸地区、アンマン、南スーダン、日本〉
井上夢人　ダレカガナカニイル…
井上夢人　プラスティック
井上夢人　オルファクトグラム (上)(下)
井上夢人　もつれっぱなし
井上夢人　あわせ鏡に飛び込んで
井上夢人　魔法使いの弟子たち (上)(下)
井上夢人　ラバー・ソウル
池井戸　潤　果つる底なき
池井戸　潤　架空通貨
池井戸　潤　銀行狐
池井戸　潤　仇敵
池井戸　潤　鉄の骨
池井戸　潤　空飛ぶタイヤ (上)(下)
池井戸　潤　新装版 銀行総務特命

池井戸 潤 新装版 不祥事
池井戸 潤 ルーズヴェルト・ゲーム
池井戸 潤 半沢直樹 1〈オレたちバブル入行組〉
池井戸 潤 半沢直樹 2〈オレたち花のバブル組〉
池井戸 潤 半沢直樹 3〈ロスジェネの逆襲〉
池井戸 潤 半沢直樹 4〈銀翼のイカロス〉
池井戸 潤 半沢直樹 アルルカンと道化師
池井戸 潤 花咲舞が黙ってない〈新装増補版〉
池井戸 潤 ノーサイド・ゲーム
池井戸 潤 新装版 BT'63 (上)(下)
石田衣良 LAST[ラスト]
石田衣良 東京DOLL
石田衣良 てのひらの迷路
石田衣良 40《フォーティ》 翼ふたたび
石田衣良 sex
石田衣良 逆《さか》島《しま》断《たつ》雄《お》〈進駐官養成高校の決闘編1〉
石田衣良 逆島断雄〈進駐官養成高校の決闘編2〉
石田衣良 逆島断雄〈本土最終防衛決戦編1〉
石田衣良 逆島断雄〈本土最終防衛決戦編2〉
石田衣良 初めて彼を買った日
井上荒野 ひどい感じ―父・井上光晴
稲葉 稔 椋鳥の影〈八丁堀手控え帖〉
いしいしんじ プラネタリウムのふたご
いしいしんじ げんじものがたり
伊坂幸太郎 チルドレン
伊坂幸太郎 サブマリン
伊坂幸太郎 魔王〈新装版〉
伊坂幸太郎 モダンタイムス(上)(下)〈新装版〉
伊坂幸太郎 PK〈新装版〉
絲山秋子 袋小路の男
石黒 耀 死都日本
石黒 耀 忠臣蔵異聞〈家老 大野九郎兵衛の長い仇討ち〉
犬飼六岐 筋違い半介
犬飼六岐 吉岡清三郎貸腕帳
石川大我 ボクの彼氏はどこにいる?
石松宏章 マジでガチなボランティア
伊東 潤 国を蹴った男
伊東 潤 峠越え
伊東 潤 黎明に起《た》つ
伊東 潤 池田屋乱刃
石飛幸三 「平穏死」のすすめ〈口から食べられなくなったらどうしますか〉
伊藤理佐 女のはしょり道
伊藤理佐 また! 女のはしょり道
伊藤理佐 みたび! 女のはしょり道
石黒正数 外《げ》天《てん》楼《ろう》
伊与原 新 ルカの方《はこ》舟《ぶね》
伊与原 新 コンタミ 科学汚染
稲葉圭《よし》昭《あき》 恥さらし〈北海道警 悪徳刑事の告白〉
稲葉博《ひろ》一《いち》 忍者烈伝
稲葉博一 忍者烈伝ノ続
稲葉博一 忍者烈伝ノ乱〈天之巻〉〈地之巻〉
伊岡 瞬 桜の花が散る前に
石川智健 エウレカの確率〈経済学捜査と殺人の効用〉
石川智健 60《ロクジュウ》〈誤判対策室〉
石川智健 20《ニジュウ》〈誤判対策室〉
石川智健 第三者隠蔽機関
石川智健 いたずらにモテる刑事の捜査報告書

講談社文庫　目録

井上真偽《まぎ》　その可能性はすでに考えた
井上真偽　聖女の毒杯〈その可能性はすでに考えた〉
井上真偽　恋と禁忌の述語論理《プレディケット》
泉　ゆたか　お師匠さま、整いました！
泉　ゆたか　お江戸けもの医　毛玉堂
泉　ゆたか　玉《たま》の輿《こし》猫〈お江戸けもの医　毛玉堂〉
伊兼源太郎　地検のS
伊兼源太郎　Sが泣いた日〈地検のS〉
伊兼源太郎　Sの幕引き〈地検のS〉
伊兼源太郎　巨悪
伊兼源太郎　金庫番の娘
逸木　裕　電気じかけのクジラは歌う
今村翔吾　イクサガミ　天
今村翔吾　イクサガミ　地
入月英一　信長と征《ゆ》く　1・2〈転生商人の天下取り〉
磯田道史　歴史とは靴である
石原慎太郎　湘南夫人
井戸川射子　ここはとても速い川
五十嵐律人　法廷遊戯
五十嵐律人　不可逆少年
一色さゆり　光をえがく人
石沢麻依　貝に続く場所にて
一穂ミチ　スモールワールズ
伊藤穰一　〈増補版〉教養としてのテクノロジー〈AI、仮想通貨、ブロックチェーン〉
内田康夫　シーラカンス殺人事件
内田康夫　パソコン探偵の名推理
内田康夫　「横山大観」殺人事件
内田康夫　江田島殺人事件
内田康夫　琵琶湖周航殺人歌
内田康夫　夏泊殺人岬
内田康夫　「信濃の国」殺人事件
内田康夫　風葬の城
内田康夫　透明な遺書
内田康夫　鞆《とも》の浦《うら》殺人事件
内田康夫　終幕《フィナーレ》のない殺人
内田康夫　御堂筋殺人事件
内田康夫　記憶の中の殺人
内田康夫　北国街道殺人事件
内田康夫　「紅藍《くれない》の女《ひと》」殺人事件
内田康夫　「紫《むらさき》の女《ひと》」殺人事件
内田康夫　藍色回廊殺人事件
内田康夫　明日香の皇子
内田康夫　華の下にて
内田康夫　黄金の石橋
内田康夫　靖国への帰還
内田康夫　不等辺三角形
内田康夫　ぼくが探偵だった夏
内田康夫　逃げろ光彦〈内田康夫と5人の女たち〉
内田康夫　悪魔の種子
内田康夫　戸隠伝説殺人事件
内田康夫　新装版　死者の木霊
内田康夫　新装版　漂泊の楽人
内田康夫　新装版　平城山《ならやま》を越えた女
内田康夫　秋田殺人事件
内田康夫　孤道
和久井清水　孤道　完結編〈金色の眠り〉
内田康夫　イーハトーブの幽霊

講談社文庫　目録

講談社文庫 目録

上田秀人 忖《そん》度《たく》〈百万石の留守居役(十)〉
上田秀人 騒動〈百万石の留守居役(十一)〉
上田秀人 分断〈百万石の留守居役(十二)〉
上田秀人 舌戦〈百万石の留守居役(十三)〉
上田秀人 愚劣〈百万石の留守居役(十四)〉
上田秀人 布石〈百万石の留守居役(十五)〉
上田秀人 乱麻〈百万石の留守居役(十六)〉
上田秀人 要《よう》訣《けつ》〈百万石の留守居役(十七)〉
上田秀人 梟《ふくろう》の系譜〈宇喜多四代〉
上田秀人 竜は動かず 奥羽越列藩同盟顚末 (上)万里波濤編 (下)帰郷奔走編
上田秀人 戦端〈武商繚乱記(一)〉
上田秀人 悪貨〈武商繚乱記(二)〉
上田秀人ほか どうした、家康
内田樹 下流志向〈学ばない子どもたち 働かない若者たち〉
内田樹 釈徹宗 現代霊性論
上橋菜穂子 獣の奏者〈I闘蛇編〉
上橋菜穂子 獣の奏者〈II王獣編〉
上橋菜穂子 獣の奏者〈III探求編〉
上橋菜穂子 獣の奏者〈IV完結編〉

上橋菜穂子 獣の奏者〈外伝 刹那〉
上橋菜穂子 物語ること、生きること
上橋菜穂子 明日は、いずこの空の下
上野誠 万葉学者、墓をしまい母を送る
海猫沢めろん 愛についての感じ
海猫沢めろん キッズファイヤー・ドットコム
冲方丁 戦の国
上田岳弘 ニムロッド
上野歩 キリの理容室
内田英治 異動辞令は音楽隊！
遠藤周作 ぐうたら人間学
遠藤周作 聖書のなかの女性たち
遠藤周作 さらば、夏の光よ
遠藤周作 最後の殉教者
遠藤周作 反逆(上)(下)
遠藤周作 ひとりを愛し続ける本
遠藤周作 周作塾〈読んでもタメにならないエッセイ〉
遠藤周作 新装版 海と毒薬
遠藤周作 新装版 わたしが・棄てた・女

遠藤周作 深い河《ディープ・リバー》〈新装版〉
江波戸哲夫 新装版 銀行支店長
江波戸哲夫 集団左遷
江波戸哲夫 新装版 ジャパン・プライド
江波戸哲夫 起業の星
江波戸哲夫 ビジネスウォーズ〈カリスマと戦犯〉
江波戸哲夫 リストラ事変〈ビジネスウォーズ2〉
江上剛 頭取無惨
江上剛 企業戦士
江上剛 リベンジ・ホテル
江上剛 起死回生
江上剛 瓦礫の中のレストラン
江上剛 非情銀行
江上剛 東京タワーが見えますか。
江上剛 慟哭の家
江上剛 家電の神様
江上剛 ラストチャンス 再生請負人
江上剛 ラストチャンス 参謀のホテル
江上剛 一緒にお墓に入ろう

講談社文庫　目録

小川洋子　密やかな結晶〈新装版〉
乙川優三郎　霧の橋
乙川優三郎　喜知次
乙川優三郎　蔓の端々
乙川優三郎　夜の小紋
恩田　陸　三月は深き紅の淵を
恩田　陸　麦の海に沈む果実
恩田　陸　黒と茶の幻想(上)(下)
恩田　陸　黄昏の百合の骨
恩田　陸　薔薇のなかの蛇
恩田　陸　『恐怖の報酬』日記〈酩酊混乱紀行〉
恩田　陸　きのうの世界(上)(下)
恩田　陸　七月に流れる花/八月は冷たい城
奥田英朗　新装版ウランバーナの森
奥田英朗　最悪
奥田英朗　マドンナ
奥田英朗　ガール
奥田英朗　サウスバウンド
奥田英朗　オリンピックの身代金(上)(下)
奥田英朗　ヴァラエティ
奥田英朗　邪魔(上)(下)〈新装版〉
乙武洋匡　五体不満足〈完全版〉
大崎善生　聖《さとし》の青春
大崎善生　将棋の子
小川恭一　江戸の旗本事典〈歴史・時代小説ファン必携〉
奥泉　光　プラトン学園
奥泉　光　シューマンの指
奥泉　光　ビビビ・ビ・バップ
折原みと　制服のころ、君に恋した。
折原みと　時《とき》の輝き
折原みと　幸福のパズル
大城立裕　小説 琉球処分(上)(下)
太田尚樹　満州裏史〈甘粕正彦と岸信介が背負ったもの〉
太田尚樹　世紀の愚行〈太平洋戦争・日米開戦前夜〉
大島真寿美　ふじこさん
大泉康雄　あさま山荘銃撃戦の深層(上)(下)
大山淳子　猫弁〈天才百瀬とやっかいな依頼人たち〉
大山淳子　猫弁と透明人間
大山淳子　猫弁と指輪物語
大山淳子　猫弁と少女探偵
大山淳子　猫弁と魔女裁判
大山淳子　猫弁と星の王子
大山淳子　猫弁と鉄の女
大山淳子　猫弁と幽霊屋敷
大山淳子　雪猫
大山淳子　イーヨくんの結婚生活
大倉崇裕　小鳥を愛した容疑者
大倉崇裕　蜂に魅《ひ》かれた容疑者〈警視庁いきもの係〉
大倉崇裕　ペンギンを愛した容疑者〈警視庁いきもの係〉
大倉崇裕　クジャクを愛した容疑者〈警視庁いきもの係〉
大倉崇裕　アロワナを愛した容疑者〈警視庁いきもの係〉
大鹿靖明　メルトダウン〈ドキュメント福島第一原発事故〉
荻原　浩　砂の王国(上)(下)
荻原　浩　家族写真
小野正嗣　九年前の祈り
大友信彦　オールブラックスが強い理由〈世界最強チーム勝利のメソッド〉
乙　一　銃とチョコレート

講談社文庫　目録

織守《おりがみ》きょうや　霊感検定
織守きょうや　霊感検定〈心霊アイドルの憂鬱〉
織守きょうや　霊感検定〈春にして君を離れ〉
織守きょうや　少女は鳥籠《とりかご》で眠らない
おーなり由子　きれいな色とことば
岡崎琢磨　病弱探偵〈謎は彼女の特効薬〉
小野寺史宜《ふみのり》　その愛の程度
小野寺史宜　近いはずの人
小野寺史宜　それ自体が奇跡
小野寺史宜　縁《ゆかり》
小野寺史宜　とにもかくにもごはん
大崎梢　横濱エトランゼ
太田哲雄　アマゾンの料理人〈世界一の"美味しい"を探して僕が行き着いた場所〉
小竹正人　空に住む
岡本さとる　駕籠屋《かごや》春秋　新三《しんざ》と太十《たじゅう》
岡本さとる　質屋の娘〈駕籠屋春秋　新三と太十〉
岡本さとる　雨やどり〈駕籠屋春秋　新三と太十〉
岡崎大五　食べるぞ!世界の地元メシ
荻上直子　川つぺりムコリッタ

小原周子　留子さんの婚活
海音寺潮五郎　新装版　江戸城大奥列伝
海音寺潮五郎　新装版　孫子(上)(下)
海音寺潮五郎　新装版　赤穂義士
加賀乙彦　新装版　高山右近
加賀乙彦　ザビエルとその弟子
加賀乙彦　殉教者
加賀乙彦　わたしの芭蕉
柏葉幸子　ミラクル・ファミリー
勝目梓　小説家
桂米朝　米朝ばなし〈上方落語地図〉
笠井潔　梟《ふくろう》の巨《おお》なる黄昏《たそがれ》
笠井潔　青銅の悲劇(上)(下)〈瀕死の王〉
笠井潔　転生の魔〈私立探偵飛鳥井の事件簿〉
川田弥一郎　白く長い廊下
神崎京介　女薫の旅　放心とろり
神崎京介　女薫の旅　耽溺《たんでき》まみれ
神崎京介　女薫の旅　秘に触れ
神崎京介　女薫の旅　禁の園へ

神崎京介　女薫の旅　欲の極み
神崎京介　女薫の旅　青い乱れ
神崎京介　女薫の旅　奥に裏に
神崎京介　I　LOVE
加納朋子　ガラスの麒麟〈新装版〉
角田光代　まどろむ夜のUFO
角田光代　恋するように旅をして
角田光代　人生ベストテン
角田光代　ロック母
角田光代　彼女のこんだて帖
角田光代　ひそやかな花園
角田光代　石田衣良　ほか　こどものころにみた夢
川端裕人　せちやん〈星を聴く人〉
川端裕人　星と半月の海
片川優子　ジョナさん
神山裕右　カタコンベ
神山裕右　炎の放浪者
加賀まりこ　純情ババアになりました。
門田隆将　甲子園への遺言〈伝説の打撃コーチ高畠導宏の生涯〉

2023年12月15日現在